文春文庫

意次ノ妄（おきつぐのもう）

居眠り磐音（四十九）決定版

佐伯泰英

文藝春秋

目次

#「居眠り磐音」

主な登場人物

坂崎磐音 元豊後関前藩士の浪人。直心影流の達人。師である養父・佐々木玲圓の死後、江戸郊外の小梅村に尚武館坂崎道場を再興した。

おこん 磐音の妻。磐音が暮らした長屋の大家・金兵衛の娘。今津屋の奥向き女中だった。磐音の嫡男・空也と娘の睦月を生す。

今津屋吉右衛門 両国西広小路の両替商の主人。お佐紀と再婚、一太郎らが生まれた。

由蔵 今津屋の老分番頭。

佐々木玲圓 磐音の義父。内儀のおえいとともに自裁。

速水左近 幕府奏者番。佐々木玲圓の剣友。おこんの養父。長男・杢之助、次男・右近。

松平辰平 尚武館道場の元住み込み門弟。福岡藩に仕官。妻はお杏。

重富利次郎 尚武館道場の元住み込み門弟。霧子を娶る。関前藩の剣術指南方。

霧子（きりこ）　雑賀衆の女忍び。尚武館道場に身を寄せ、磐音を助けた。

弥助（やすけ）　磐音に仕える密偵。元公儀御庭番衆。

小田平助（おだへいすけ）　槍折れの達人。尚武館道場の客分として長屋に住む。

品川柳次郎（しながわりゅうじろう）　北割下水の拝領屋敷に住む貧乏御家人。母は幾代（いくよ）。お有（ゆう）を妻に迎えた。

竹村武左衛門（たけむらぶざえもん）　陸奥磐城平藩下屋敷の門番。妻は勢津（せつ）。早苗など四人の子がいる。

笹塚孫一（ささづかまごいち）　南町奉行所の年番方与力。

北尾重政（きたおしげまさ）　絵師。版元の蔦屋重三郎（つたやじゅうざぶろう）と組み、白鶴を描いて評判に。

徳川家基（とくがわいえもと）　将軍家の世嗣。西の丸の主。十八歳で死去。

小林奈緒（こばやしなお）　磐音の幼馴染みで許婚（いいなずけ）だった。小林家廃絶後、江戸・吉原で花魁（おいらん）・白鶴（はっかく）となる。山形の前田屋内蔵助に落籍されたが、夫の死後、三人の子と江戸へ。

坂崎正睦（さかざきまさよし）　磐音の実父。豊後関前藩の藩主福坂実高（ふくさかさねたか）のもと、国家老を務める。

田沼意次（たぬまおきつぐ）　元幕府老中。嫡男・意知（おきとも）は若年寄を務めた。

『居眠り磐音』江戸地図

新吉原
尚武館坂崎道場
山谷堀
寛永寺
向島
竹屋ノ渡し
浅草
待乳山
聖天社
三囲稲荷
上野
下谷車坂町
浅草寺
花川戸町
今戸橋
田原町
常泉寺
小梅村
新寺町通り
新堀川
下谷広小路
源森川
安藤家
下屋敷
吾妻橋
業平橋
御厩河岸ノ渡し
品川家
十間川
首尾の松
北割下水
吉岡町
今津屋
本所
法恩寺橋
和泉橋
天神橋
新シ橋
石原橋
南割下水
柳原土手
両国橋
入江町
横川
浅草御門
金的銀的
小伝馬町
回向院
竪川
薬研堀
松井橋
浮世小路
大川
六間堀
鰻処宮戸川
若狭屋
新高橋
魚河岸
猿子橋
新大橋
小名木川
日本橋川
日本橋
万年橋
深川
霊巌寺
鎧ノ渡し
永久橋
砂村新田
亀島橋
佐賀町
金兵衛長屋
八丁堀
霊岸島
永代橋
仙台堀
永代寺
鉄砲洲
富岡八幡宮
越中島
堺橋
佃島

護国寺
中山道
日光御成街道
面影橋
小石川
伝通院
本郷
下谷茅町
石切橋
牛込
豊後関前藩上屋敷
湯島天神
水道橋
神田川
神田明神
牛込御門
稲荷小路
表猿楽町
元尚武館佐々木道場
駿河台
筋違橋御門
昌平橋
田安御門
市谷八幡宮
九段坂
神保小路
俎橋
雉子橋
内藤新宿
四谷大木戸
市谷御門
一橋御門
千鳥ヶ淵
鎌倉河岸
善国寺谷通
麴町
四谷
江戸城
神田橋
本丸
四谷御門
大手御門
半蔵御門
一石橋
道灌堀
西の丸
紀尾井坂
平川天満宮
和田倉御門
呉服町
赤坂御門
馬場先御門
鍛冶橋御門
南町奉行所
京橋
清水谷
溜池
数寄屋橋御門
三十間堀川
木挽橋
氷川明神
原宿
愛宕権現
芝口橋
木挽町
長谷寺
宝泉寺
麻布村
麻布広尾町
増上寺
芝
赤羽橋

意次ノ妄

居眠り磐音（四十九）決定版

第一章　寛政の改革

一

光陰はだれにも等しく流れてゆく。貴人にも下々の民にも朝が訪れ、昼が過ぎ、夕べを迎えるのはみな同じだ。

坂崎磐音は起床から就寝までほぼ毎日同じことを繰り返してきた。自ら鍛錬し、剣の指導をし、さらに空也に手ほどきをする日々だった。

川向こうに渡ることも少なく、訪れる人も限られていた。

天明八年（一七八八）七月二十四日。

いつものように七つ（午前四時）の刻限に目覚め、独り稽古を一刻（二時間）ほど続けた。すると、磐音の独り稽古が終わるのを待っていたように、空也が木刀を手に庭に飛び出してきた。

九歳の秋を迎えた空也は、背丈が五尺三寸を超え、五つからの稽古の成果か、体付きもしっかりとしていた。

小田平助は空也を見るたびに、

「どげんしたらそげん毎日背が伸びるとやろか。こん平助を見下ろしておられるたい」

と驚きの言葉を繰り返す。

だが空也は、未だ尚武館道場に足を踏み入れることを許されてはいなかった。

「道場の稽古は遊びではない」

という磐音の考えからだ。

一方、豊後関前藩の江戸藩邸から出稽古に通ってくる重富利次郎は、

「磐音先生、そろそろ空也様が道場に入ることをお許しになってはいかがにございますか。尚武館の新参者の中には、空也様に劣る者が何人もおります」

と説いた。だが磐音は、

「利次郎どの、それはそれ、これはこれ。空也は未だ体ができておりません」

と、そのことを許そうとはしなかった。

そのような空也を相手に半刻（一時間）の稽古をつけた磐音は、独り尚武館に向かった。

その場に残された空也は、三助年寄りの弥助、平助、季助が庭の一角に立ててくれた高さ七尺余、径七寸ほどの丸柱五本の間を走りながら、木刀で叩いて回る独り稽古を続けた。

空也にこの稽古法を教えたのは、小田平助だ。

「空也様、薩摩の御家流儀に示現流がありますと。こん独り稽古がきつかとです。何本もの堅木の柱をくさ、叩いて回るとが稽古たい。それも一刻以上も休みのう続けるとたい。時に奇声を発してくさ、己を鼓舞しながら飛び跳ね、叩き、飛び下りて次の柱に立ち向かうとよ。空也様はまだ体が大きゅうなる最中たい。強打は手首を痛めるたい。最初はくさ、竹刀で軽い打ち込みから始めたらどげんやろね」

「小田様、この稽古を続ければ、どのような技が得られるのですか」

「東郷重位の考えた示現流の稽古は単純ですと。それで得られるのは強か足腰、それと迅速な太刀風げな」

しばし考えた空也は父の磐音に許しを乞うた。

磐音は実戦剣法の名残りを強くとどめた示現流の稽古を空也に許した。だが、

「空也、平助どのが申されるとおり、竹刀で五、六分程度の力で叩くに留めよ。大事なことは木の芯を見分けて叩くことじゃ。さすれば軽い打ち込みでも柱が倒れる」

と竹刀で強打することより、木の質を見分けよと注意した。また走り続け、飛び上がる動きを繰り返すことで、耐久力と足腰が鍛えられると教えた。

空也は、一年ほど竹刀で堅木を打つ稽古を続けてから、木刀での打ち込みへと進んでいた。むろん磐音の許しを得てのことだ。ただしここでも、

「五、六分の力でしなやかに打て」

と注意された。

そのような独り稽古を空也がしている間、磐音は尚武館に出て、次々に相手を替えながら指導を続けていく。

小梅村では稽古三昧の日々が淡々と続いていた。ただ、十月ほど前から尚武館には弥助の姿がなく、磐音もそのことを門弟らになんの説明もしなかった。ゆえに住み込み門弟の神原辰之助らは、

「御用」

で留守にしていると考えていた。その証に時に尚武館に姿を見せる霧子が、師匠の不在にさして心配の様子を見せることがなかったからだ。

およそ一年三か月前の天明七年（一七八七）四月十五日、十五歳の徳川家斉が征夷大将軍の宣下を朝廷から受けて、十一代将軍に就いた。

家斉は御三卿の一橋治済の嫡男として生まれた。だが、世継ぎのなかった前将軍家治の養子になって西の丸に入っていた。暗殺された家基の代役である。

天明六年の家治の死は、それまで権勢を誇った田沼意次の失脚をついに招いた。だが、幕閣には大老井伊直幸、老中松平康福、水野忠友ら田沼派が残っていた。反田沼派の徳川御三家、一橋家、譜代大名らは、陸奥白河藩主の松平定信を老中首座に就け、弱冠十五歳の家斉の補佐役にしようと画策した。

そんな最中、天明の打ちこわしが諸国に広がり、江戸でも米屋や豪商が襲われるようになった。

そのきっかけとなったのが、六間堀町の裏長屋に住む提灯張り職人の彦四郎ら八人が深川森下町の米屋に押しかけ、打ちこわしを行った所業とか。

この騒ぎは六間堀町に住む金兵衛がいち早く小梅村に駆けつけて大仰に伝えた。

昼下がりの刻限だ。

磐音は母屋にいた。

「おーい、婿どの、おこん、てえへんなことが深川で起こったぜ」

「なによ、お父っつぁん、血相変えて」

「打ちこわしだよ。森下町の米屋が襲われたんだよ」

金兵衛の喚き声を聞きつけたように、お仕着せ姿の武左衛門がふらりと庭に姿を見せた。侍を捨てた武左衛門は磐城平藩安藤家下屋敷の中間になった。ゆえに自前の木綿物の裾を後ろ帯に挟み込み、お仕着せの紋付法被姿だった。

「なにっ、深川で打ちこわしか、残念なり」

「なにが残念なりだ」

「わしも見たかった。金兵衛さんは見たか」

「おおさ、なんたって打ちこわしをやった野郎は、おこん、お前もよう承知の提灯張り職人の彦四郎たち八人だ。米屋の伝次郎方も打ちこわしの面々も、よう知っているからな」

金兵衛の興奮ぶりに、

ふーん

と鼻で応えた武左衛門に、金兵衛が言い添えた。

「さすがは深川六間堀町の住人だね。なんとも道理にかなった打ちこわしだったよ」

「お父っつぁん、打ちこわしが道理にかなうなんておかしいわ。森下町の米屋は大損じゃないの」

「まあな、おこん」

と一息入れた金兵衛が、

「いつまで続くとも知れない景気の悪さに物の値段が上がりっ放しだ」

このところ米価は連日高騰していた。それまで銭百文で米一升買えたところが、いつの間にか二合とか三合しか買えなくなっていた。

尚武館でも食べ盛りの住み込み門弟が日に消費する米は、なかなかのものだ。だが、磐音もおこんも、門弟衆や奉公人にひもじい思いだけはさせまいと、紀伊藩などの剣術指導で得た給金をすべて暮らし向きに回していた。

また打ちこわしの対象になる両替商六百軒を束ねる両替屋行司の今津屋では、同業の有志を募り、御救小屋を江戸のあちらこちらに設けたりして、打ちこわしを一件でも減らそうとしていた。

その今津屋から時折り、食べ物や飲み物が届けられて、坂崎家の台所はそのときだけ潤った。

「彦四郎らはよ、米屋に押しかけ、まず施米を願ったんだよ。そしたら、米屋では主が留守だと言ってけんもほろろに断った」

「そりゃ、商いですもの、ただで米は渡せないわ。乱暴よ、彦四郎さんたら」

おこんは、金兵衛が言うように同じ町内育ちの提灯張り職人をよく知っていた。

「おこん、ここからが面白いんだよ」

「打ちこわしのどこが面白いのよ」

「彦四郎らはよ、米屋が出し渋ったのをみてよ、手筈どおりに八人で踏み込み、家財やら建具を打ちこわし、米をまき散らしたんだ」

「酷いじゃないの」

「まあ、よくわしの話を最後まで聞け、おこん」

「なによ」

「あいつら、打ちこわしはやったがよ、火の元なんぞに気を遣い、施米として要求した米一粒も持ち去らなかったんだよ」

「おかしいではないか。米屋に打ちこわしに入ったんだろうが。なぜ米を持って帰らぬ」

武左衛門が突っ込んだ。

「武左衛門の旦那、そこが深川っ子だ、六間堀町の住人の心意気だ。盗みに入ったんじゃない、あくまで施米を願ったんだよ、彦四郎たちはよ」

金兵衛の興奮におこんも武左衛門も首を傾げた。

「言うことが分からねえか。赤坂、四谷辺りの打ちこわしは、そりゃ酷いというぜ。家は荒らすわ、米は持ち出すわ、金品まで盗んでいくんだわ。だからよ、読売が深川っ子の彦四郎らの打ちこわしは、『丁寧で礼儀正しき狼藉』と褒めたんだよ」

金兵衛は懐に突っ込んだ読売を持ち出した。

こんな天明の打ちこわしが諸国に広がりを見せた天明七年の六月十九日、三十歳の松平定信が老中首座に就任し、新たな改革が始まった。のちに「寛政の改革」といわれる動きだ。

その前後、磐音は定信から使いを貰い、十五歳の家斉の剣術指南役を務めよと何度も命じられた。

剣術指南は表向きで、未だ幕閣に蔓延る田沼派への抑えとして坂崎磐音を取り

込もうという定信の考えは、磐音も重々承知していた。ゆえに、

「それがし、未だ喪中にございます」

と断った。

喪中とは、養父佐々木玲圓と養母おえい、そして、家基のことを意味していた。本来ならば家基が十一代将軍に就くはずであった。それを田沼派の術中に落ちて暗殺された。

家基を失った喪失感、それに加えて養父養母が家基の死に殉じた哀しみは未だ癒えなかった。

一方、田沼意次は、嫡子の若年寄田沼意知を佐野善左衛門政言に殿中で斬られ、その傷が因で失っていた。また当人も老中を解任されていた。だが、田沼派が幕閣の要職を占めていることに変わりはない。

そのような経緯の中、松平定信の考えに乗り、家斉の、

「剣術指南役」

に就くことができようか。

だが、定信は最後に切り札を見せた。

磐音が家斉の剣術指南役に就くことを条件に、神保小路の旧尚武館佐々木道場

を後継の坂崎磐音の手に戻し、正式に幕府御免の剣道場として許すというのだ。尚武館佐々木道場は、権勢を誇った田沼意次の「命」で召し上げられた。ゆえに神保小路に戻ることは、坂崎磐音と尚武館門弟にとって最大の悲願であった。

拝領地が時の為政者によって召し上げられ、新たなる権力者松平定信の意思で戻されることに磐音は違和感を覚えた。

(ただ今は我慢の時だ)

とその誘惑に堪え、固辞した。

隅田川を挟んで右岸の江戸市中と左岸の小梅村とでは、日々刻々と過ぎ去る速さが違うように磐音には思えた。また生き方も価値観も違うと思われた。

磐音は日々剣術に携わっていられれば満足できた。

この日、元奏者番速水左近が小梅村の直心影流尚武館坂崎道場に姿を見せ、見所から稽古を見守っていた。

速水もまた新政権松平定信の改革に加わるよう呼びかけられていた。だが、考えるところあって、

「病」

を理由に隠居届を出し、嫡男の杢之助を跡継ぎに幕府に願い出て、家斉の御番衆として出仕させていた。

ゆえに道場には次男右近の姿があるだけだ。右近も六尺の偉丈夫になり、尚武館坂崎道場の住み込み門弟、

「若手三羽烏の一人」

と評されていた。ちなみに若手三羽烏とは、右近、恒柿智之助、一年半前から住み込みとなった浪人井上正太のことだ。井上が通い門弟から住み込みとなったことで智之助が張り切り、二人して切磋琢磨したために急激に腕を上げていた。だが、三人の中では右近が一枚も二枚も上手だった。

「速水様、母屋に参られませぬか」

と磐音は誘った。

速水左近の顔にただならぬ緊張を見たからだ。

速水が頷き、二人は色づき始めた楓林と竹林を抜けて、庭に出た。

「磐音どの、田沼意次様が身罷られた」

速水が険しい口調で言った。

足を止めた磐音が速水の顔を見た。

「田沼様が亡くなられましたか」

呟いた磐音の体から気力が抜けていった。

この年余の歳月は、幕府を壟断してきた老中田沼意次、意知父子との戦いの日々であった。

それが嫡子の意知は殿中での刃傷沙汰で殺され、さらに老中を罷免された田沼意次が亡くなった。

磐音の胸の中にぽっかりとした洞が生じたようであった。

(勝負に勝ち負けはなし)

そんな言葉が浮かんだ。

(無為な戦いであったのか)

「予測されたことでしたぞ」

速水が言った。

「いかにもさようでした」

それでも胸に空いた洞を虚ろな風が吹き抜けていくようだった。

磐音は、長年の「敵」田沼意次の釣瓶落としの失脚を追憶していた。それは走馬灯のように磐音の頭を走り抜けた。

六百石の旗本から五万七千石に出世した者など、徳川幕府の歴史を通じても数えるほどしかいない。意次の出世に競いうる人物は、五代綱吉に寵愛された柳沢吉保をおいて他にない。

家治の死後、田沼意次は老中を解任された。

老中罷免から二月半後、天明六年（一七八六）閏十月五日には、近年加増された二万石が没収され、謹慎を命ぜられた。また、大坂にある田沼家蔵屋敷と権勢の象徴であった神田橋御門内の屋敷も返上させられた。この神田橋御門内の退去にはわずか三日間の猶予しか与えられなかった。

これらのきびしい沙汰を企てたのは新将軍家斉の実父一橋治済であり、この治済を援護したのが御三家と譜代大名であった。

反田沼派の御三家と譜代大名は、

「将軍を蔑ろにして独断の幕政を取り仕切り、不正の政策を重ねたという責任は、老中罷免では軽すぎる」

という理由で矢継ぎ早の処罰になった。

一方、田沼意次にも言い分はあった。

天明七年五月十五日の「上奏文」に田沼意次の憤りが窺える。それによれば、些細な案件でも意次一存で決めたことはなく、老中間で評議の上、家治の裁可を仰いだとある。

幕府を独り専断したという御三家への反論であった。この上奏文に、

「御不審を蒙るべきこと、身に覚えなし」

と悲痛な心情を認めている。だが、城中も世間の思惑も、

「田沼意次憎し」

の一色に染まり、

「天明の不況は田沼意次一人の責任」

との意見が蔓延していた。

意次の抗する術は今やなかった。

田沼意次はそれでも遠州相良藩三万七千石の大名であった。

速水左近をはじめとする城中の動きを知り得る人の話を伝え聞いたところによれば、六十九歳の意次は老いの身を振り絞り、相良藩の藩政改革と再建に取り組む執念を見せていたという。

だが天明七年十月二日、再び意次への新たなる処罰が下された。

江戸城黒書院において老中が列座した中で意次の甥田沼意致と大目付松浦信程

に対し、老中牧野貞長が新将軍家斉の命を伝えた。

〈この度二万七千石お取り上げ、隠居仰せつけらる。下屋敷え蟄居し、きっと慎みまかりあるべく候〉（『江戸幕府日記』）

かような厳しい処罰を十五歳の新将軍が決められるはずもなかろう。

同時に田沼家の家督相続人の意次の孫意明にも同じ内容の申し渡しがあった。その中には、

〈御先代（家治）にもご宥恕の御旨これ有り候につき、その方え家督として一万石下し置かれ、遠州相良城召し上げられ候、差控えまかりあるべく候〉

との沙汰もあった。

権勢の絶頂にあった田沼意次は手足をもがれ、蟄居させられた。その上、世間の冷たい視線の中、晒し者にされていた。

弥助が小梅村から姿を消したのはこの頃のことだ。そして今、速水左近から田沼意次横死の知らせが告げられた。

磐音は、ふうーっと大きな息を吐き、速水左近に頷きかけると、母屋に向かって歩き出した。

二

母屋の居間で対面した磐音と速水左近は、しばらく無言の時を過ごすことになった。互いに思いを口に出せなかったのだ。

脳裏には散り散りに乱れた考えや言葉が錯綜し、整理がつかずにいた。

むろん新体制の幕府は天明の改革の失敗を田沼意次に押しつけ、それで幕引きにするだろうとの予感があった。そして、新将軍家斉のもと、老中松平定信が主導する新たな改革に人々の眼を向けさせるよう努めるだろう、と推測がついた。

江戸では、前年の天明七年、米価高騰に怒った庶民が打ちこわしを始めた。打ちこわしは松平定信にとって追い風となった。定信の老中就任に反対する田沼一派の残党は、打ちこわしの責任を問われて失脚し、定信が老中に就く道が開かれたからだ。

茶菓を運んできたおこんは、二人が醸(かも)し出す重苦しい雰囲気を察して、一瞬動きを止めたが、

「どうなされました、養父上(ちちうえ)」

速水左近に明るい声で問うた。

速水は、一時養女であったおこんを見たが、なにも答えなかった。

「おまえ様」

今度は磐音に問うた。

「田沼意次様が亡くなられた」

おこんは、その言葉が頭の中を駆け巡ったが、しばしのち、

「身罷られたのでございますか」

と呟くように洩らした。

この場にある三人にとって、長年立ち塞がってきた巨壁であった。それが若年寄田沼意知の死とともに急速に陰りを見せ、ついに、

「巨星は墜ちた」

のだ。

磐音も速水左近も、田沼意知の死に関わった松平定信が田沼意次に代わって、急速に絶大な権力を掌握すると、期せずして考えていた。

定信は、田沼政治の後始末に追われ、悪化の一途を辿る幕府財政や物価の高騰にようよう手を付けたばかりだった。

この天明八年の三月に幼い将軍家斉の補佐役に就いていた。

定信は田沼意次と同様、幕閣と将軍に多大な影響力を持つ地位に就いたことになる。そして、この時点で事実上の「寛政の改革」が始まったのだ。

「速水様、定信様の改革とはどのようなものにございましょう」

政の場から退いたとはいえ、十代家治の御側御用取次を務めた速水左近には、未だ城中に人脈と繋がりがあった。

「定信様は田沼政治を払拭するために田沼様とは反対の政をなさるかと思う」

磐音の問いに速水が答えた。

「賂政治ではないと養父上は申されますか」

おこんが尋ねた。

「まあ、一言でいえば、一見そのような政治を目指されよう。金と身びいきが横行した城中の大掃除が、定信様の改革の第一歩かと思う」

「それで諸色の値上がりが止まりましょうか」

「それだけでは、逆風が吹くだけで、なんら効き目もあるまい。関八州をとっても、逃散した百姓のせいで田畑が荒れ放題になっておる。幕府財政の根幹は、災害飢饉に影響されることのない米作りである。じゃが、近年の災禍に加えて、百姓の逃散が米作りを阻害し、逃散したその百姓が江戸に集まったため、米価高騰ばかりか諸色の値上がりにつながっておる。わしが言わずとも、かようなことは田沼様とてとくと承知であった。ゆえに印旛沼・手賀沼の干拓工事を企てられた。考えは悪くはなかったが、この大普請は失敗に終わった。定信様は、この二の舞だけは避けたいと思うておられよう」

「なにをなさる気でございますか」

松平定信は、おこんも承知の人物だ。

磐音の門弟であり、一時は小梅村に稽古に通ったことがあったからだ。ゆえに母屋にも度々訪れていた。

「それじゃがのう」

速水左近が考えを話すべきかどうか迷いを見せ、言葉を呑んだ。

磐音は最前から無言のままだ。

おこんも黙っていた。

「おこん、江戸で蔵の中に千両箱を積んでおるのはだれか」

速水がおこんに訊いた。

「それは大商人衆にございましょう」

「たとえば」

「札差や今津屋のような両替商ではございませぬか」

おこんの答えにうんうんと速水左近が頷いた。

「洩れ聞いたところでは、幕府、いや、定信様と言うたほうがよいか。まずは米の相場を幕府が掌握して、値を抑制することを第一に考えておられるそうな」

「掌握して抑えるといっても、お金がなくてはできますまい」

今津屋に奉公してきたおこんは、物の値段がどのように上がり下がりするか、その理屈が分かっていた。

「そこでな、おこん、江戸の豪商何人かを、勘定所御用達という名の知恵袋に就ける考えで動いておられるのだ」

「商人の知恵を借りようという話にございますか」

「知恵だけではのうて、豪商の持つ蔵の千両箱が狙いだ。米の値を安定させるためには商人の知恵と財力を借りねば、幕政はなんとも立ちゆかぬ。窮余の一策よ」

「定信様が考えられたのでございますか。まさか、家斉様が」

「おこん、家斉様はまだ十六じゃぞ」

「そうでした」

おこんが速水の言葉に頷き、磐音を見た。

「定信様には相談方がおられるのですね」

「と思われる。幕閣の者ではあるまい。町人じゃな。それがしは今津屋あたりかと思うたが、そなたら夫婦が知らぬでは違うようじゃな」

江戸の両替商六百軒を束ねる両替屋行司の今津屋吉右衛門は、速水の話に打ってつけの人物だった。幕府が考える勘定所御用達としての知恵と財力を持ち、財政再建の立役者になれた。

しかし、もしそうであるなら、必ずや磐音やおこんの耳にもそんな話が入るはずだった。

「待てよ」

速水が考えを改めるようにしばし間をとり、

「この話、おそらく今津屋にはいくまい。今津屋抜きで話が進むな」

と言い切った。

「と仰いますと、養父上」

「今津屋は、坂崎磐音と親しすぎる。また女房のそなたは今津屋の奥向き女中であったゆえ、今津屋の内情に通じ、その上、それがしの養女でもあった」

座にしばし沈黙があった。

「定信様は、私どもを嫌っておいでなのでしょうか」

おこんが自問するように言った。

速水左近が察したように、今津屋が勘定所御用達に選ばれない理由は他にあると磐音は思った。

田沼意知の死に関わる仕掛けを知り、その真相が城の内外に知られれば窮地に陥る松平定信を救ったのは、坂崎磐音とその一統だった。

佐野善左衛門に使い道を承知で松平家所蔵の粟田口一竿子忠綱を貸したのは定信自身だ。

磐音とその一統、とくに弥助は元同輩與造の倅藪之助を殺めてまで、一竿子忠綱と佐野家から持ち出したなまくら刀をすり替えるという荒業を為して、佐野の所業が定信に及ばぬよう食い止めていた。

ゆえに定信は幕閣の中心に座ったとき、家斉の剣術指南役として磐音を取り込もうとした。

だが磐音は、未だ家基の喪を理由に断った。また磐音と親しい奏者番速水左近も職を辞し、隠居した。

このことを定信はどう考えたか。

磐音は、政と一線を画すために家斉の剣術指南役を断ったのだ。

だが、定信はそう考えまい。己の弱みを坂崎磐音に握られたと考えたのではないか。となると磐音らをどう扱おうとしているのか。

速水左近の推量が当たっているとすれば、今津屋にとって商い上、それなりの影響が出ようと思った。

と同時に、政と権力者に近付いて大きくなった商人の末路も、磐音は知らぬわけではなかった。

田沼政治の周りにもその利権に群がった商人たちがいた。田沼体制から松平体制に代わった今、その者たちがどうしているか、磐音には想像がついた。

となれば、今津屋に勘定所御用達の話が来ないのは、

「よい兆候」

ではないかとも思えた。

「まあ、隠居が考えることではないがな」

速水左近が苦笑いした。

「速水様の経験と知恵は今こそ幕府にとって貴重なものでございます。それを定信様は引き止めもせず手放された」

「どうやら小梅村一統は、定信様にとって鬼門と思える」

速水が憮然として言った。

「養父上、政の場から手をお引きになったのは、定信様が第二の田沼様になることを恐れられたからではございませぬか」

「それはない」

おこんの問いを即座に否定した速水は、

「そなたの亭主どのと同じ考えと答えておこうか」

と言い足した。

速水の漠たる答えは、おこんを混乱させた。これですべてが終わるとも思えなかった。

磐音の夢は佐々木玲圓から譲り受けた尚武館道場を拝領地であった神保小路に戻すことと、おこんは承知していた。

その磐音が、松平定信から尚武館道場を神保小路に戻してよいと言われたにも拘らず断ったのである。

おこんは、磐音の心中が測れなかった。磐音も養父速水左近も、ただ今の松平定信の言動に全幅の信頼を寄せていない結果だと思った。

「おこん、あまり物事を複雑に考えすぎてもいかぬ。今は亭主と空也らのかたわらにおることを幸せと思うて暮らしを楽しむがよかろう」

　そのような言葉を残して速水は辞去した。

居間に二人になったところに、季助が書状を手に姿を見せた。

「飛脚が先生宛ての文を道場に届けてきました」

「だれからかな」

「筑前博多（ちくぜんはかた）からでございますよ」

「ああ、辰平（たっぺい）様からですね」

　おこんが喜色を浮かべた。

「へえ、いかにもさようです。利次郎さん方が文の差出人を知って、急ぎ母屋に持参せよと言われましてな。利次郎さん方も屋敷に帰る前にこちらに来られると言うておられましたぞ」

　静かに頷いた磐音に、季助から受け取った文をおこんが手渡した。

松平辰平（まつだいらたっぺい）が筑前福岡（ふくおか）藩の参勤下番（かばん）に従い、福岡に向かったのは、天明六年のことであった。新妻のお杏も辰平と時を同じくして博多に戻っていた。福岡藩に多大な影響力を持つ豪商箱崎屋が実家ゆえできる「我儘」ともいえた。代々の福岡藩士の身分ではできぬ相談であった。

そんな辰平から久しぶりに書状が届いた。

磐音は書状を披き、声に出して読みだした。

「筑前福岡にて奉公に精を出すかたわら、江戸小梅村を懐かしみ、お杏と語りつつ過ごす日々にございます、か。うむ、これはなんとも喜ばしい話かな」

「辰平さんからなんと、ああ、分かったわ。お杏さんが懐妊なされたのではございませぬか」

勘のよいおこんの声が甲高く響いた。

「いかにもさようじゃ。来年の春には子が生まれるそうな」

「辰平さんとお杏さんのお子ならば、愛らしい娘さんでしょうね」

「おこん、なぜ娘と決めつける。男やもしれぬではないか」

「いえ、辰平さんは優しいお方ゆえ、必ず娘さんです」

おこんが言い張るところに、帰り仕度をした利次郎が、未だ稽古着姿の田丸輝信や神原辰之助らと姿を見せた。

辰平は坂崎磐音が手塩にかけた門弟衆の一人であり、思慮深く、武者修行の経験もあることから、同輩の長兄役を果たしてきた。

修行のきっかけとなった豊後関前行きの船旅を共にしただけに、おこんにとっては弟のような相手であった。さらには同じ年齢の利次郎とは兄弟のような間柄だった。

辰平とお杏、利次郎と霧子は小梅村で共に祝言（しゅうげん）をして夫婦になった。身内以上の間柄だった。それだけに利次郎は博多からの書状が気になったとみえて、

「福岡に下番して二年が過ぎました。辰平は、来春にも江戸に上府（じょうふ）してきますか、先生」

と尋ねた。

「それがしの推量にすぎぬが、辰平どのの福岡城下暮らしはしばらく続くやもしれぬ」

「それはまたどうしてでございますか。あやつ、福岡藩の剣術指南役を楽しんでおるのでございますか」

「いや、そうではござらぬ、利次郎どの」

「分かった」

と声を上げたのは先輩門弟に従ってきた速水右近だ。

「なんだ、右近どの」

「辰平さんとお杏さんにお子が生まれるのではございませぬか」

「いかにもさようじゃ、右近どの。来年の春に生まれるそうじゃ」

「なんと、辰平に先を越されたか」

利次郎が大仰な仕草で縁側にどたりと腰を落とした。

「なに、利次郎、そなたらには未だその兆しはないのか」

輝信が夫婦の内情を詮索するように利次郎に尋ねた。

「うちはあのとおり、道場で飛び跳ねておるのが好きゆえな、子を産むどころではないわ」

利次郎が言うのへ、おこんが、

「知らぬは亭主ばかりなり、なんてこともありますよ」

と、しれっと応じた。

「えっ、おこん様、霧子が懐妊しておりますか」

「このところ道場に参られませんね」

「いいえ、屋敷奉公はそれなりに付き合いもございまして」

と言いかけた利次郎だが、

「ひょっとして霧子もそうか」

と輝信に尋ね返した。

「しっかりせよ。そなたら夫婦のことまでこの田丸輝信とて責任は負えぬわ」

と輝信に突き放された利次郎が、
がばっ
と縁側から立ち上がり、

「磐音先生、おこん様、それがしこれより屋敷に立ち戻り、霧子に確かめます」

「利次郎さん、少し落ち着きなさい。それでは霧子さんに愛想を尽かされますよ」

「おこん様の目から見てどうでございますか」

「なんとも言えないわね。こればかりは授かりものだから、いい加減なことは言えないわ」

大きな体の利次郎がおろおろと縁側を行ったり来たりした。

そんな様子を磐音もおこんも仲間たちも微笑ましく見ていた。

「利次郎どの、おこんの託宣によると、辰平どのとお杏どのの子は娘らしゅうござる」

「しめた」

と利次郎が愁眉を開いたように言った。

「なにが、しめたです」

右近が訊いた。

「右近どの、うちは男じゃぞ。必ず男を霧子は産むのだ」

「利次郎様、少し落ち着かれてはいかがですか」

「右近どの、うちは断じて男じゃ」

と宣言するように言い残すと、庭から利次郎が足早に姿を消した。

「あれあれ、辰平さんの文が利次郎さんに火を点けたようね」

おこんが唖然として言い、一同が大きな背を黙って見送った。

三

その昼下がり、磐音は右近の漕ぐ猪牙舟に乗って小梅村の船着場を離れた。空也と睦月が年老いた白山と一緒に見送った。門前には季助が立ち、空也と睦月を見守っていた。

「父上、夕餉にはお帰りですか」

離れる舟の磬音に空也が声をかけた。

未だ秋の陽射しは強く、磬音は塗笠を被っていたが、その縁を僅かばかり上げて、

「六つ（午後六時）を過ぎて帰らぬようならば、夕餉は始めなされと母に伝えてくれぬか」

「畏まりました」

「父上、土産をお願いします」

睦月が突然言い出した。

「今津屋に参るのじゃぞ。土産は難しかろう」

「睦月ちゃん、土産はどんなものが望みですか」

棹を櫓に替えた右近が水上から訊いた。

「白山、元気がないの。だから、赤ちゃん犬の人形」

「赤ちゃん犬の人形ですか」

と首を傾げた右近が、

「今津屋の近く、通旅籠町から葺屋町に向かう人形町通りに人形屋が並んでいますよ。でも犬の人形、売っているかな」

と叫び返したところで猪牙舟は隅田川へ出ていこうとしていた。

磐音は空也と睦月の姿が消える前に手を振った。

「右近どの、娘にまで気を遣わせましたな」

「いえ、睦月ちゃんが案じているように、この夏の暑さが堪えたようで、私どもも白山のことを気にしておりました」

そのことは磐音もおこんも気にかけていた。

白山は神保小路の尚武館に道場破りに来た武芸者一味が連れてきた犬だ。だが一味が立ち合いにあっさりと負け、這う這うの体で逃げるのに必死で、そのまま置き去りにされていた。だから、白山がいくつになるか正確な年齢はだれにも分からなかった。

金兵衛は、

「白山はよ、人間のわしと同じくらいだな。十はだいぶ越えていよう。よくまあ、今年の夏の暑さを乗りきったもんだよ」

と推量していた。

磐音もおこんも住み込み門弟衆も気にかけていたが、歳ばかりは致し方なかった。

物心ついたときから尚武館の門番犬を務めてきた白山が元気をなくしていることを、睦月なりに気にかけていたようだ。

「磐音先生、今津屋にはどれほどおられますか」

「人形の店を回ってこられるおつもりか」

「はい」

「人形町通りを見廻るくらいの間はおり申す」

と答えた磐音が、

「犬の人形など見たことがござらぬ。右近どの、無理はせぬことです」

と右近に言い、磐音は前へと向き直った。

西に傾き始めた陽射しに水面が煌めいていた。その反射した光が磐音の顔を照らした。

磐音は、胸に仕舞ってある一事を考えていた。

速水左近のもたらした知らせに関わるものであった。

田沼意次に恩義があるという遠江の出の武芸者土子順桂吉成から全く連絡が入

らないことをだ。

土子順桂は、最初、田沼意次の刺客として磐音の前に立ち塞がった。だが、その折りは通告だけで、両国橋の欄干から橋下に舫っていた小舟に身軽にも飛び下りて姿を消した。

最後に磐音が土子順桂と会ったのは、天明四年（一七八四）のことであった。土子は磐音不在の尚武館を訪ねて辰平ら門弟衆の稽古を黙って見物し、引き上げた。

その帰路、須崎村からの渡し船に乗った土子順桂と、磐音は竹屋ノ渡し場で出会っていた。

その折り、

「両国橋の約定を放棄なされたか」

と磐音が尋ねると、

「それがし、だれの命でもなく一人の剣術家として、近い将来、そなたと雌雄を決したいと思う」

と言い残していた。

以来四年の歳月が流れ、今、恩義があるという田沼意次が亡くなった。となれば、近々磐音の前に土子順桂が現れると思えた。

古銭の寛永通宝(かんえいつうほう)で片目を塞ぐ隻眼(せきがん)の武芸者は、間違いなく最強の相手と磐音は確信していた。

死か生か。

どちらが斃(たお)れてもおかしくはなかった。

磐音が出会った武芸者の中でも三指に入る兵(つわもの)だった。磐音に土子順桂を倒す自信はなかった。ただ全身全霊を傾注して勝負に立ち向かうだけだと覚悟していた。

「磐音先生」

物思いにふける磐音の名を右近が呼んだ。

「お尋ねしてよいですか」

「なにかな」

磐音は右近に向き直り、尋ね返した。

「尚武館から弥助様の姿が消えて十月(とつき)ほどになります。どちらにおられるのでございましょう」

しばし黙した磐音が、

「皆が案じておられるのは重々承知しており申す」

と言うと、右近が大きく頷いた。

「父にも尋ねましたが、知らぬと答えられました。そして、師匠坂崎磐音がなすことを門弟たる者、なにも言わずに受け入れよ。坂崎先生が黙っておられるにはそれなりの理由があるのじゃ、と叱られました」

「それは右近どのにすまぬことをしてしまいましたな」

と答えた磐音はしばし考えた末に、

「それがしが話すこと、そなた一人の胸に当分の間秘めることができようか。昼も夜も共に暮らす仲間にも話せぬことじゃ」

と質した。

「先生がそう命じられるならば、速水右近、必ず守り通します」

右近は緊張した顔で答え、

「必ずや」

と繰り返し言い添えた。

「本日、朝稽古にそなたの父御が見えられたな。稽古のあと、速水様から一つの知らせが告げられた」

「父がなにを」

「田沼意次様の死を告げに参られたのじゃ」

なんと、と答えた右近が絶句した。

「いつかは訪れるべき知らせでござった。されど、それがしにとって考えてきた以上の青天の霹靂にござった。長年、仇と思うてきた田沼意次様が亡くなられたと聞き、ぽっかりと胸に空いた洞はなんなのか。最前からこの虚ろな気持ちを抱えて、わが身をどう処してよいか迷うており申す。坂崎磐音、これほど未熟者であったかと情けのう思うておるところにござる」

なにかを言いかけた右近を磐音が手で制した。

「田沼意次様が老中を解任され、家禄を減らされ、神田橋御門の屋敷を追われた折り、田沼意次様はすでに身罷られたとも言えましょう。以来、今までの日々は、ただ田沼意次という名の形骸でござった。

されどなにゆえ、戦国時代のような大功を上げる機会もなき平穏な御代、六百石の旗本が五万七千石の大名にのし上がり、恐れながら公方様より絶大な力を持ちえたのか。そしてなにゆえ、家治様の死を境に田沼意次様の凋落が始まり、石もて追わるるが如くに屋敷を追われ、下屋敷に蟄居させられたのか。

田沼意次様を悪しく評する輩ばかりの昨今にござるが、田沼意次なる人物を作

ったのは、幕閣の方々であり、賂に頼みて利を得ようとした商人衆じゃ。田沼意次様にはのし上がるだけの、成り上がるだけの才覚があったということです」

右近が黙って顔を横に振った。

磐音の言葉を素直に受け入れられなかったのだろう。

小舟は流れに乗ってゆっくりと下っていた。

「田沼意次様が凡庸な旗本ならば、いかに家治様の信頼があったとはいえ、五万七千石の大名にまで出世なさるであろうか。どう思われるな、右近どの」

「それがし、さようなことを考えたこともありませんでした」

磐音が右近の返事に微笑み、頷いた。

「田沼意次様は一代で幕府の頂点を極め、そして、ほぼすべてを失うたあと、今日身罷られた。さりながらそれがしには、田沼意次様がひとりの老人としてであれ、なんら手を打つこともなく身罷られるとは思えなかった」

「なにかを言い残されたのでございますか」

「そうしたところで、だれも晩年の田沼様の言葉に耳を傾けられまい。田沼様は大名に出世なされたとき、家格に見合う家臣方を集められ、それなりのかたちを整えられた。されど、忌憚（きたん）なく申せば、寄せ集めの家臣団にござった」

そのことは、尚武館に、坂崎磐音に送り込まれた数多の刺客が田沼家の家臣ではなく、無頼の剣術家、武術家であったことからも知れよう。

右近は頷くしかなかった。そして、ただ今の磐音の話が弥助の不在とどう結びつくのか、それを質したことさえ忘れていた。

「忠義の士が数人おられれば、若年寄田沼意知様が佐野善左衛門が如き新番士にむざむざ殿中で刺突されることもなかった。またその後の処遇も違うたものとなっていたはずじゃ。遠州相良藩五万七千石、新しい城まで築くことを許され、十年も経ずして廃城の憂き目に遭うこともなかった。田沼意次ご一人の手にすべてが委ねられたゆえ、石垣の一つが崩れたとき、がらがらとすべてが壊れ去った」

右近はようやく平静な気持ちに戻り、ただ磐音の言葉を必死で聞きとろう、理解しようと努めていた。

磐音がこのように饒舌に話すことを右近は知らなかった。そして、ただ今の話は右近に訴えているのではなく、己の気持ちを整理するために話しているのではないかと推量した。

「右近どの、巨星が墜ちる前になんの手立てもなく身罷られたのでござろうか」

返事を求められたのではないことを承知していた右近はただただ沈黙していた。

「田沼意次様にとって権力の証は、御城近くの神田橋御門内の屋敷であり、自らが普請を指揮して築城した相良城でござった。家斉様を戴く方々がこれらふたつを取り上げられた。その折り、田沼意次様は、己の真の敵がだれであったか、悟られたのでござろう」

右近は磐音が言わんとするところを漠然と理解した。

「磐音先生、田沼様は死に際して、真の敵に戦いを仕掛けられたと申されるのですか。ですが、田沼家のご家来衆は寄せ集めと申されませんでしたか」

「いかにもさよう申した」

「どう考えればよいのでしょう」

「右近どの、そなたは松浦弥助どのがなんのためにどこに参られたか、尋ねられましたな」

「はい」

右近は自らの問いを思い出した。

「それがしは弥助どのに、遠州相良城下へ向かい、田沼様の死まで領内の動静を窺うよう願うたのです」

「あっ」

と右近が驚きの声を発し、

「そういうことでしたか」

と答えていた。

「右近どの、それがし、今津屋に参る。その間にそなたは屋敷に戻り、ただ今の話を速水様だけに伝えてくだされ。お父上と話し合うていたときは、気持ちの整理がつかなんだ」

「畏まりました」

緊張を少しだけ解いた右近が応えた。

「それと今ひとつ、頼みがござる。そなたの屋敷から近い豊後関前藩上屋敷を訪ね、霧子にこの書状を渡してくだされ」

一通の書状を差し出した。

猪牙舟は流れに乗っていつしか神田川との合流部に差しかかり、柳橋(やなぎばし)を潜(くぐ)っていた。

今津屋のある両国西広小路は、この神田川の南側にあった。

磐音は、独り猪牙舟を下り、右近は表猿楽町(おもてさるがくちょう)の屋敷へと向かうために神田川を遡上(そじょう)していった。

磐音は西広小路を歩きながら、右近には告げていないことを父の速水左近が察するかどうか考えていた。

磐音は、静かな小梅村で稽古の日々を過ごしながら、城中での実権を失い、老中の座を追われた田沼意次の動静を弥助に命じて探索させていた。

きっかけは、田沼意次自らが認めた「上奏文」にあった。

その中で田沼は強く抗弁していた。

「意次、あえて御不審を蒙るべきこと、身に覚えなし」

と、

「予を誹り、予を悪む人」

に向けて述べていた。

この文言を知った磐音は、

「決して田沼意次が反抗の刃を折り、矛を収めた」

のではないと悟った。

と同時に意次は、相良藩士に対して、これまでの栄光と凋落の経過と原因を率直に述べ、三万七千石の一大名として再出発すると語りかけていた。

天明七年九月九日のことだ。

だが、それからひと月もしないうちに、更なる厳しい沙汰が幕府から届いた。三万七千石から二万七千石を召し上げ、隠居と、下屋敷への蟄居の命が下ったのだ。さらに相良城は没収され、一万石を孫の意明に下し置かれたのは、

〈御先代にもご宥恕の御旨これ有り候につき〉

というのだ。

下屋敷に蟄居させられた田沼意次は完全に反抗の刃を折られたかに見えた。

磐音はそれ以前、「上奏文」の文言を知った折りから、田沼屋敷の混乱に乗じて弥助を潜入させていた。

そのとき、弥助が探り出してきた一条があった。

田沼意次は、

「失脚のきっかけになった田沼意知の刺殺騒ぎの真の黒幕は松平定信」

であることを突き止めているというのだ。

だが、もはや相手は意次に代わって城中を取り仕切る老中であり、一方の意次はすべての力を奪われた六十九歳の老人であった。また定信の所業とする証は消えていた。

弥助は磐音にこう報告した。

「田沼様は幕府からの最後通告を受けて、相良城に向けて命を下されました。その命がどのようなものか、未だ摑めませぬ。ですが、使者が相良城に走ったことだけはたしかにございます」

磐音はしばし考えた。

旧老中と新老中の権力争いはすでに決着がついていた。今更、田沼意次はなにをなそうと命を下したか。

そういえば、田沼意次には切り札が一枚残っていた。

磐音も知る剣術家土子順桂吉成であった。

「磐音先生、この足で遠州に走ってようございますか。田沼意次様の最後の足掻きがなにか、わが眼で確かめとうございます」

「弥助どの、田沼様の最後の刃は、松平定信様に向けてのものであろうか」

「へえ」

と答えた弥助がしばし考えた上に、

「田沼様の憎しみが定信様に向かうのはたしかにございましょう。ですが、同時にこの尚武館にも向けられないかと、わっしは危惧しております」

と考えを告げた。

「相良城は公儀が没収し、早晩廃城となるのですね」

磐音は、十五両を弥助に持たせ、相良城下に急行することを許した。

天明七年十一月に相良領は幕府の直轄領になり、その月のうちに明け渡しが完了した。無城となった田沼家は、陸奥国下村に一万石を安堵された。

にも拘らず、弥助が小梅村に戻ってくる気配はなかった。

磐音は、江戸の両替商六百軒を束ねる今津屋の店先に立った。

塗笠を脱ぐ磐音に気付いた老分番頭由蔵が、

「おや、坂崎様、だいぶお見限りでございましたな」

と帳場格子から迎えた。

その声音を聞いた磐音は、まだ由蔵が、速水左近が最前磐音に告げた知らせを知らないと察した。

四

磐音は、今津屋の奥座敷で主の吉右衛門と老分番頭の由蔵と対座した。

今津屋の手入れされた中庭は、江戸市中ゆえ、そう広いものではなかった。しかし、春とはまた違った趣(おもむき)の秋景色で、紅葉した葉が艶(あで)やかな色彩を見せ、泉水の水面に映り、光と色が乱舞していた。

「吉右衛門様もご壮健の様子、なによりにございます」

「昨日も老分さんと坂崎様のお噂(うわさ)をしていたところです。空也様の指導に熱が入りすぎて、今津屋にはなかなか足が向きませんか」

「空也の稽古相手の刻はそう長くはございません。門弟衆との稽古も今までと同じですが、なんとのう小梅村に腰を落ち着けて外出も滅多にいたしません。億劫(おっくう)というわけではござらぬが、それだけ歳をとったのでしょうか」

磐音が言い訳しながら苦笑いした。

「坂崎磐音、老いたりですか。それはそれで趣がございますが、この由蔵の見るところ、次なる行動に向かって、天がしばしの休息を命じておるのではございませぬか」

と吉右衛門に代わって由蔵が応じるや、なんぞございましたか、と無言の問いを投げかけた。

「速水左近様から知らされたことにございます」

「ほう、なんぞ城中で異変が生じましたか。いえ、もはや速水様は隠居の身でございましたな。もっともこちら様も坂崎様と同じく、諸々の動きを観察して距離を置かれた結果かと存じます」

「吉右衛門様、由蔵どの、田沼意次様が身罷られたとの知らせにございます」

磐音の言葉に二人は、しばらくなにも答えず沈黙を続けた。

だが、それぞれ頭の中であれこれ考えが飛び交っていることを、その表情が告げていた。

「一代の傑物、と申してよいのでしょうかな。あれほどの出世を遂げられて権勢をふるわれた末に、佐野様に勢いを止められ、先の公方様の死とともに凋落なされた。そのようなお方も、そうそう見当たりませぬな。その田沼意次様がもはやこの世の方ではございませぬか」

吉右衛門に続いて由蔵が、

「かような訃報は即刻、江戸じゅうに知れ渡るものです。ですが、初めて聞かされました。まさか速水様の情報が間違うておることはございますまいな」

と首を傾げた。

「速水様はたしかに幕閣から身を退かれました。ですが、城中との連絡(つなぎ)の人脈は未だございます。本来ならば、弥助どのが真っ先に田沼様の死に気が付かれるはず。それにまた霧子も重富利次郎どのの女房となり、うちから外れております。二人の役目を速水様が果たされました。おそらくはたしかな話かと思います」

「坂崎様、それでございますよ。噂で耳にしたことですが、弥助さんが小梅村を留守にされてだいぶ経つとか」

　由蔵が磐音の言葉に食いついた。

「さすがは今津屋の老分どの、うちの動きをよう承知ですね」

　磐音が笑いもせず答えるのへ、由蔵が、

「うちと尚武館の間柄です。なんとなく耳に入ってきたのです」

　と言い訳したが、

「それにしても、佐々木玲圓様、坂崎磐音様と二代にわたる尚武館と田沼様一党との戦いは、これで終わりを告げたのでございましょうか」

「老分さん、すでに政権の座は松平定信様の手に移っておりますよ。戦いもなにも、ただ今の田沼意次様が亡くなられようと、なにか行動に走る気概のある家来衆はひとりとして残っておりますまい。なにより、ただ今の田沼家の当主田沼意明様がそのようなことを許すはずもございますまい」

「旦那様、坂崎様に自ら尋常の立ち合いを申し込んできた剣客がおったではございませぬか。そのお方が田沼様の死をきっかけに動きませせぬか」

「おお、絵師北尾重政の錦絵に描かれておった武芸者ですな。かの者、今も坂崎様の前に姿を見せますかな」

吉右衛門が問い、

「いえ、あの錦絵に描かれた竹屋ノ渡し場で対面したのが最後です。ただ今より四年も前になるでしょうか」

「四年も音沙汰がございませんでしたか。ならば田沼様の死がその武芸者を走らせるとは考えられませんな」

と言い切った。

「坂崎様の武芸者としての勘はいかがでございますな」

由蔵が念を押した。

「いつになるか分かりませぬが、その武芸者、土子順桂吉成どのは必ずそれがしの前に現れ、勝負を挑まれます」

「ならば田沼意次様が身罷られたただ今が、そのときではございませせぬか」

吉右衛門の問いに磐音が頷いた。

「旦那様、もはや田沼意次様の死が真であっても、城中や世間になんら影響を与えることはございませんな」

「老分さん、それは最前も申したように、政の主導権は老中松平定信様の手にございます」

吉右衛門が由蔵に答え、磐音も頷いた。

「遅くなりました」

お佐紀が茶菓を運んできて、その場のかたい雰囲気に気付き、

「小梅村になんぞございましたか」

と尋ねた。

「お佐紀、田沼意次様が亡くなられたと、坂崎様が伝えに来られたのです」

「それは、朗報」

と言いかけたお佐紀が慌てて口を手で塞ぎ、

「他人様の死をこのような言葉で応えるのは恥知らずにございました」

と一座に詫びた。

むろんお佐紀も絶大なる権力を誇った田沼父子と尚武館の度重なる死闘を承知しているからこそ、思わずそんな言葉が口を衝いたのだ。

「お佐紀様、正直なお気持ちかと存じます。これで坂崎様方は大手を振って神保

小路に戻られるのですからな」

お佐紀の言いかけた言葉に、由蔵がさらに話を展開した。

「長いこと、こちらの小梅村の御寮をまるでわがもののように勝手次第に使わせていただき忝うござる。吉右衛門様、老分どの、今しばし小梅村をお貸しいただけませぬか」

磐音が願った。

「もはや小梅村の道場と母屋は坂崎家のものにございますよ。返却するなど斟酌なさることではございませぬ。一方で、松平定信様からも神保小路に尚武館を戻すとの申し出があったと洩れ聞きました。田沼意次様が身罷られた今、申し出を素直に受けられませぬか」

吉右衛門の問いにしばし沈黙で応えた磐音が、

「土子順桂どのの一件もございます。神保小路に引き移る時節は、ただ今ではないように思えます」

磐音の判断に吉右衛門ら三人がしばし沈思したのち、

「小梅村の家作はすでにうちの手を離れております。坂崎様が神保小路に戻られる戻られぬに拘らず、もはや今津屋の持ち物ではございませんよ」

と吉右衛門が応えていた。

「有難いお言葉にございます」

と答えた磐音がお佐紀の運んできた茶を喫し、

「速水左近様からもたらされた知らせがもう一つございました。すでにご存じのことかと思います」

と吉右衛門を見た。

「なんでございましょうな」

「老中松平定信様は、新たな改革の一環として、幕府の財政を立て直すために江戸の豪商の両替商ら数人を勘定所御用達に命じ、その知恵と財力を借り受ける話を、内々に進めておられるそうです。こちらにはそのようなお話がございましたか」

と磐音が質した。

一瞬、場が凍り付いたように固まった。

吉右衛門の顔には何とも複雑な色が浮かび、由蔵は訝しげな表情を見せた。お佐紀はただ三人の男を順繰りに見ていた。

「お節介な言葉を弄したようです。失礼の段、お許しくだされ」

磐音の言葉に由蔵が吉右衛門の顔色を窺った。吉右衛門の表情はすでに平静に戻っていた。それでも、

ふうっ

と重苦しい空気を破って一つ吐息をついた吉右衛門が、

「それで合点がいきました」

と答えていた。

「なんぞ思い当たる節がございますか」

「ございます」

吉右衛門が言い、腹心の由蔵が、なにごとかと主の顔を注視した。

ということは吉右衛門一人の胸の中にあることで、由蔵も知らないことであった。

「坂崎様に申し上げる要もございませぬが、今津屋吉右衛門、未だ江戸の両替商を束ねる両替屋行司の地位にございます。ですが、いささか長くこの役を続けすぎたようです。なんと、足元に起こっていることに気付かずにおりました」

「なにが起こっておりますので」

と由蔵が質した。

「いえね、老分さん、両替屋の世話方の集まりをなしても、近頃、私に対して微妙な問合いをお取りになるお方がおられるのです」

「旦那様、さような失礼な御仁はどなたにございますか」

憤懣やるかたないという表情を見せた由蔵が身を乗り出して訊いた。

「老分さん、落ち着きなされ。私の勘と速水左近様からもたらされた一件とが関わりがあるかどうか、決まったわけではございません」

「でも、旦那様に楯突かれる御仁がおられるのでございますな」

今津屋吉右衛門が両替屋行司の地位に就いて十数年余の歳月が過ぎていた。その体制は盤石と思えた。

だが、吉右衛門の言葉は、その盤石の体制に反対する者がいることを示唆しているように思えた。

「どなたでございますな」

「米沢藩の財政立て直しに尽力された三谷三九郎さん方を筆頭に、立花屋源造さん、摂津屋国太郎さん、三島屋壱左衛門さんの四人かと思われます」

さすがに今津屋吉右衛門は伊達で両替商六百軒を束ねてきたのではない。見るところはちゃんと見ていた。

三谷三九郎の家は、明暦年間（一六五五～五八）、両替商いの株を取得し、商いを始めた。

主に米沢、会津など陸奥一円の大名貸しで財力を増やし、米沢藩の財政悪化に際し、第九代藩主上杉鷹山公こと治憲の要請を受けて、明和・安永の改革に参画し、それまでの特権商人を整理して、漆、桑、楮など百万本の植林を行った。かような三谷の助言が藩財政を立て直すきっかけとなった。

「ほう、三谷さん方が分派をつくられましたか」

「老分さん、分派と呼んでよいかどうか。これまでどおりに両替屋の世話方の務めを忠実に果たしておられるように見受けられます。けれどちらちらと、もはや今津屋の時代は終わったという表情や言葉を見せられます。そこで、おや、三谷三九郎さんはなんぞ私に曰くがあってのことかと、この半年余り、密かに観察してきたところです。その背景に松平定信様からのお話があったとしたら、三谷三九郎さんの言動は腑に落ちます」

「なんということが」

吉右衛門の言葉は淡々としていたが、由蔵が腹に据えかねるという顔で嘆いてみせた。

「なんぞ不満ですか、老分さん」

「旦那様、そうではございませぬか。うちは代々、三谷家にはそれなりの手助けをして、大名貸しが焦げ付いた折りには金子を融通したことなど、二度や三度ではございませぬ。ただ今、三谷三九郎の旦那が大坂の鴻池と並び称されるのは、だれのお蔭にございますか」

「まあ、それを言えば野暮になります。それに老分さん、時の老中松平定信様から声をかけられて、田沼意次様の賂政治を立て直す役を願うと言われて断る人がどこにおりましょうか」

と吉右衛門が反問した。

「松平定信様の改革は始まったばかり、どこへどう向かうのか未だ判然といたしません。田沼様の失脚のあと、松平様が行われたことといえば、城中を松平派で固めたことくらいでございましょう。旦那様、それでは田沼政治の二の舞ではございませぬか」

「老分さん、いかにもさようです。ですが、一米沢藩の財政改革と異なり、幕府の改革は一朝一夕にはなりませぬ。松平定信様の手腕を見るにはもうしばらく歳月が要りましょう」

「旦那様、そこです。商人から知恵を借りるというならば、両替屋を束ねる旦那様に、今津屋に話があってしかるべきではございませぬか」

由蔵の怒りを含んだ言葉を聞いて笑みを浮かべた吉右衛門が磐音を見た。

「老分どの、両替屋行司の今津屋吉右衛門様に話を通すのが筋ということは、だれもが承知でございましょう。ですが、松平定信様に、それができぬ事情があったとしたらどうなりますか」

「え、老中松平様がうちを敬遠する経緯(いきさつ)がございますか」

この場にある者は、佐野善左衛門の殿中での凶行の背後に松平定信が一枚嚙(か)んでいることを知らなかった。だがその後の幕閣内の動きから、今津屋吉右衛門と老分番頭の由蔵が意知刃傷沙汰の真相を察したところで、何ら不思議はなかった。

しばらく沈思したのち、吉右衛門が口を開いた。

「松平様は何度も坂崎様をお若い家斉様の御側に就けようとなされた。にも拘らず坂崎様は拒まれた。一番味方にしておきたいお方に拒まれ続けましたな」

「旦那様、松平様は、手の内に入らない坂崎様を恐れておられるのでございますか。うちはその坂崎様と身内同然の付き合い。貧乏籤(びんぼうくじ)を引いたのでしょうか」

由蔵がどう考えればよいのか分からぬという顔で呟いた。

「坂崎磐音には、皆様が考えられるほどの力はございませぬ」

磐音がさらりと言った。

「由蔵の考えは違うと申されますか」

吉右衛門が磐音に笑いかけ、その眼差し(まなざ)を由蔵に転じた。

「老分さん、こたびのこと、貧乏籤ではございませんぞ。江戸の豪商に幕府の財政の立て直しを頼まれたのは、悪い考えではございませぬ。ですが、こたびの改革がうまくいくかどうか、米沢藩の立て直しどころではございますまい。三谷三九郎さん方は、苦労の末に大火傷(おおやけど)を負うことも考えられます。その勘定所御用達にとの指名がなかったのは、今津屋吉右衛門にいささかの運があるということです。うちは商い専一に務めを果たすだけですからな」

吉右衛門の言葉に、磐音が静かに首肯(しゅこう)した。

第二章　仔犬の小梅

一

夕暮れ前、磐音は右近の漕ぐ猪牙舟で小梅村の尚武館の船着場に戻ってきた。隅田川から船着場への堀留に入ると、尚武館の前に空也と睦月、住み込み門弟衆が白山とともに待ち受けていた。そして、

「父上が戻られました」

と睦月が大声を上げると、船着場へと下りてきた。そのあとに空也、田丸輝信ら門弟衆が続いた。

「父上、白山のお土産は買ってきてくださいましたか」

睦月が磐音に質した。

「睦月、もっとよいものを右近どのが求めてこられた」

「もっとよいものとはなんでございますか」

睦月が尋ねたとき、
くんくん
仔犬(こいぬ)の鳴く声がどこからともなくした。

「あれ、仔犬の声がしたぞ。捨て犬でしょうか」

空也が辺りを見回した。

そこへ櫓を棹に替えた右近が上手に船着場に寄せると、右近が差し出した棹の先を空也が握って引き寄せた。

空也は右近の足元の古びた竹籠(たけかご)に目を留めた。その中に敷かれた古布の上で、一匹の茶色い仔犬が甘えるように鳴いていたのだ。

「睦月、仔犬じゃぞ。父上と右近さんが、白山に仔犬を貰(もろ)うてこられた」

と叫ぶ空也に睦月が、

「私が願ったのはほんものの犬じゃなかったのに」

「睦月、本物の仔犬のほうが白山は喜ぶと思わぬか」

睦月と空也が船着場から猪牙舟を覗(のぞ)き込み、

その声に応じるように、くんくんと仔犬が鳴いた。すると季助と一緒に尚武館門前にいた白山が、よたよたと船着場へ下りてきた。

猪牙舟の舫い綱が結ばれ、磐音がまず船着場に上がった。そして、右近が竹籠を抱えると、

「空也様、受け取ってください」

と差し出した。

「ああ、可愛い」

と睦月が叫んだ。

「右近さん、私にください」

睦月が空也を押しのけて、右近から竹籠を受け取ろうとした。

竹籠から仔犬が落ちぬよう空也が手を差し伸べて、兄と妹でそっと竹籠を抱え、仔犬を覗き込んだ。そこへ白山がようよう下りてきて、くんくん鳴く仔犬を確かめようとした。

空也と睦月は白山がよく見えるように船着場に竹籠を下ろした。

「ほれ、見よ、白山。右近さんがおまえに仲間を連れてこられたぞ」

竹籠の仔犬を抱えて白山の顔の前に差し出した。すると白山はしばらく仔犬を

確かめるように見ていたが、ぺろぺろとその顔を舐め始めた。仔犬はくすぐったいのか、顔をそむけようとしたが、不意に白山を親と思ったか、甘える仕草をした。

　生後ひと月かひと月半か。

尚武館にとって初めての仔犬だった。

「父上、ありがとう」

　睦月が磐音に言うと、

「睦月、仔犬を探してこられたのは右近さんです。礼を申すならば、まず父上より先に右近さんです」

　と空也が注意した。

　睦月は空也から仔犬を胸に抱き取り、白山が舐めやすいようにすると、

「右近さん、ありがとう」

　と礼を述べた。

「右近どの、その仔犬、どうした」

　田丸輝信が質した。

「白山の元気がないのを睦月ちゃんが心配していたので、犬の人形を探して人形

屋の並ぶ通りをあちこちと回ってみましたが、ほとんどが雛人形とか武者人形、姉様人形のようなものしか並んでおりません。犬の人形はございませんでした」

「まあな、この時節、犬の人形はまず売っておるまいな」

輝信が得心し、

「それでどうした」

と右近に話の先を促した。

「ふと大門通りの路地奥に人だかりがしておりまして、竹籠の中に仔犬が一匹入れられ、くんくんと鳴いておりました。事情を訊くと、朝の間にだれかが三匹仔犬を入れた竹籠を置いていったとか」

「捨て犬だな」

神原辰之助が言い、右近が頷くと、

「二匹は町内の犬好きが引き取ったそうですが、こいつだけが残されて、貰い手がなければ竈河岸に持っていって、沈めてしまおうかと話しているところだったのです」

「だめです、右近さん」

「だから、空也様、勝手ながら私が貰い受けて、先生が猪牙舟に戻ってこられるのを待ってお許しを願うたのです」

「よかった」

睦月が両腕の仔犬を白山の顔の前に差し出した。

白山は、仔犬を不憫に思ってか、睦月が仔犬を近付けるたびに母親のように慈しんで舐めていた。

「父上」

空也の声が緊張していた。

「母上がお許しくださいますでしょうか」

「おお、それじゃ。わが家の女主の許しが要るであろうな」

「先生、義姉上は深川六間堀生まれです、情けには弱いお方です。お許しになると思います」

「ともあれ、おこんの許しを得なければ、仔犬の運命は定まるまい」

と磐音も言うのへ、睦月が、

「睦月が母上に頼みます」

と応え、仔犬を抱えて船着場から土手へと向かおうとした。すると白山も従った。

土手には、住み込み門弟衆に夕餉を告げに来たらしい早苗が立っていた。そしておよその事情を察したように睦月の腕の仔犬を見て、

「睦月様、愛らしい仔犬ですね」

と頭を撫でた。

「早苗さん、母上は許してくださいますよね」

「睦月様、おこん様にお尋ねするしか手立てはございません」

そばで聞いていた輝信が、

「早苗さん、そなたが頼んでみてもだめか」

と話に加わった。

「輝信さん、私にそのような力があるとお思いですか」

「台所ではなかなか威張っておるではないか」

「えっ、私が台所で威張っておりますか」

との早苗の反論に輝信がおたおたして、

「いや、言葉の綾じゃ」

「輝信さんは私をそう見ておられるのですね。分かりました」

「ちょ、ちょっと待ってくれ。早苗さん、それがしは」

た。むろん白山も従っていた。牡牝騒ぎのために、仔犬に名前をつける一件はその場では忘れられた。

おこんは睦月が抱えた仔犬を見ると、

「どうしたの、その仔犬」

と一同に質した。

「義姉上、それがしがお許しもなく拾うてきた仔犬です」

と前置きして、右近が事情を縷々説明した。

おこんの表情を全員が見ていた。それに応えておこんが、

「早苗さん、この仔犬にご飯と水を用意して。白いご飯にかつお節をまぶして、そうだわ、吸い物を冷ましてご飯にかけると食べやすいかもしれないわね」

と命じた。

一同が台所に向かい、土間で茶碗に仔犬の餌が用意されることになった。

おこんの反応を見て、右近の親切がかたちになりそうだと安心した磐音は、家に入ると刀架に大小を戻し、用意されていた普段着に着替えた。

台所から空也の声が聞こえてきた。

「白山も一緒に食べさせたら元気になるのではございませんか、母上

皆の動きが居間にも伝わってきて、老犬と仔犬の餌がたちまち用意されたのだ。

着流しの磐音が台所に行くと、ちょうど睦月が、

「さあ、ごはんですよ」

と抱いていた仔犬を餌の前に下ろしたところだった。

くんくんと鳴いていた仔犬は、汁とかつお節がまぶされたご飯に鼻を突っ込んでいきなり食べ始めた。その様子を白山がじいっと見ている。

「腹を空かしていたのだ。右近どの、途中でなんぞ食べさせる才覚はなかったのか」

「輝信さん、そんな考えが浮かぶものですか。磐音先生と義姉上に許しを得ることしか考えませんでした」

と答えた右近が、

「義姉上、迷惑ではございませぬか」

とおこんの顔を見た。

「白山を元気づけるために、睦月がわが亭主どのにお土産を頼んだことは聞きました。でも、いくらなんでもこの時節、犬の人形なんて売っていないでしょう。

し捨て犬と出会ったのは神仏の思し召しですよ。それになにより白山が元気になった気がします」

「おこん様、最前までのしおたれた白山とはえらい違いです。仔犬を見て、たしかに急に元気になりました」

「季助さんの言うとおりたい。この分ならば、白山の夏の疲れもすぐに消えるんやなかろか」

小田平助も請け合った。

「それならなによりの薬ですね。犬が一匹増えたからって、うちの所帯がそう変わるわけでなし、白山と一緒に尚武館と母屋の番犬を務めてもらいましょう」

「やったぞ」

右近が思わず声を上げ、

「なんですか、その言いようは。右近を尚武館に住み込みに出したら言葉遣いも忘れたと、養父上がおっしゃるわ」

と右近におこんが注意したが、

「まあ、今日は事情が事情です。白山が元気になることなら、すべてよしとしましょうか」

と続けて、仔犬が必死でご飯茶碗に鼻を突っ込んで食べる様子を見た。

「おこん、なによりであったな。右近どのの手柄やもしれぬ」

磐音が頷き、

「父上、母上、この仔犬の世話は私がします」

と睦月が嬉(うれ)しそうに応じるのへ、

「睦月、ならばいつまでも仔犬ではなるまい。名を付けねばならぬぞ」

と空也が最前忘れられた会話を蘇(よみがえ)らせた。

「兄上、もう決めました」

「えっ、もう決めたのか。よいか、睦月、輝信さんの言われた武蔵とか一学はいかぬぞ」

「母上、こうめにします。だって女の子らしい名でしょ」

睦月の提案に一同がしばし考え、

「小梅か、悪くないな」

と磐音が一同を代表して賛意を示したため、貰われてきた仔犬は、

「小梅」

「今宵は、母屋の土間に寝床を作ってやってはどうですか」

おこんの言葉に、右近らが土間に筵（むしろ）を敷いて白山と小梅の寝床を作った。

白山はまるで母親のように仔犬の小梅に寄り添っている。

「おこん様、今宵は白山をこちらに泊めることになりませんか」

季助がそのことを心配した。

「すべては白山が元気になるようにと、皆が考えた結果です。どこで寝かせようと、しばらくは白山と小梅は一緒のほうがいいのではありませんか」

おこんの許しが出て、仔犬の小梅は坂崎家の身内になった。

すると玄関先から、富士見坂（ふじみざか）の江戸藩邸に戻っていた利次郎の声が聞こえてきた。

「だれも坂崎家にはおらぬのか、不用心じゃな」

「おや、この刻限に一日に二度も利次郎が来たぞ。珍しいな」

輝信が呟き、

「おい、われらは台所におるぞ」

と答えると、三和土（たたき）廊下から利次郎と霧子夫婦が姿を見せた。

「なんだ、台所に集まって」

睦月が、白山と寄り添って寝る小梅を指し示した。

「おや、尚武館に仔犬が入門しましたか」

と言う利次郎に、右近らが一頻り経緯を説明した。

更なるひと騒ぎがあったあと、利次郎と霧子は奥へと呼ばれた。

奥に磐音と利次郎夫婦の膳三つが運ばれ、おこんらは住み込み門弟衆とともに台所の板の間で摂ることになった。

おこんは、利次郎と霧子がこの刻限に小梅村を訪ねたことに、

「異変」

を感じ取っていた。

「本日、屋敷に右近さんがお見えになり、磐音先生からの書状を残していかれました。私どもは道場にいて、そのことを知らされたのはお帰りになったあとでした。会えていればご一緒に小梅村を訪えたと思います」

と霧子が右近と行き違った経緯を説明し、

「私からも磐音先生へ文がございます」

差し出した。

[illegible]差し出された書状を磐音が抜き、幾たびか読んだ。

その文は、大井川上流の遠江国榛原郡千頭村から材木を切り出す筏師によって運ばれ、東海道の島田宿の飛脚屋を経由して届けられたものだった。

差出人の名はない。だが、霧子に届けられたことから、差出人がだれかすぐに察せられた。

およそ十月ほども前から小梅村から姿を消している松浦弥助からのものだった。

弥助がなぜ、豊後関前藩江戸藩邸の家臣の女房霧子に宛てて書状を出したのか。

一つは用心のためであり、もう一つは、磐音宛ての書状を霧子に託すことで、父親代わりの弥助は、

「娘の霧子」

に自分の無事をまず知らせようとしたのだ。

一つ目の用心は、弥助が磐音との話し合いだけで姿を消したことと関わりがあった。

「磐音先生、弥助様は元気でございますな」

利次郎が訊いた。

霧子は利次郎にも弥助の役目をすべて話しているわけではなかった。

江戸藩邸気付で坂崎磐音へ文が届けられたには、理由がなければならなかった。

利次郎は、田沼意次が失脚した今、なぜ磐音が警戒心を解くことなく弥助に御用を命じたか、訝しく思っていた。

「利次郎どの、まずは夕餉を食しましょうか。そのあと、小田平助どのや門弟衆をこの場に呼び、弥助どのの行動を説明いたします」

と磐音が言い、利次郎も頷いた。

二

夕餉のあと、磐音の居室に小田平助、田丸輝信、神原辰之助、速水右近ら尚武館坂崎道場に暮らす面々が呼ばれた。

田丸らの顔に緊張があった。ただし右近は事情をある程度承知なので知らぬふりをしていた。

この数年、坂崎磐音らと行動を共にし、死線を越えてきた弥助が姿を消しているのだ。緊張して当然だろう。

「江戸藩邸気付にて重富霧子宛てに、弥助どのから書状が届いた」

「弥助さんは元気やろね」

「平助どの、元気でおられます。ですが、緊張を強いられる用をもうしばらく続けられることになろうと思います」

と磐音が応じ、

「今宵は、弥助どのがなぜ尚武館から姿を消されたか、そなたらに承知しておいてもらいたくて、この場に呼び申した」

と言い添えた。

書状を手にした磐音は、弥助のいなくなった十月ほどを振り返るようにしばし瞑目(めいもく)した。

両眼を見開いた。静かな闘志が磐音の眼光に感じられた。

「先代の佐々木玲圓様以来、われらの前に立ち塞がり、幾多の戦いを繰り返してきた元老中田沼意次様が身罷られた」

磐音の予想外の言葉に一座が息を呑む音が重なって響いた。弥助の行方を話すと思っていたからだ。

「確かなことでございますか」

田丸輝信とともに尚武館の住み込み門弟を主導する神原辰之助が念を押した。

「本日、速水左近様より伝えられた話じゃ。まず間違いござるまい」

兄の杢之助に速水家の主の座を明け渡して隠居した父には未だ城中とのつながりがあることを右近は承知していた。

「隠居した父が知る話、なぜ世間に知られていないのでございましょうか」

と尋ねた。

「田沼家では、まず隠居された意次様の死を内々に供養しようとしておられるからではなかろうか」

父はどこからこの話を聞き知ったのか、未だ政への未練があるのかと、右近は改めて思った。

速水左近と坂崎磐音にとって家治の嫡子徳川家基の死は、悔やんでも悔やみきれぬ出来事であった。

幕閣の中枢部にいた父がその職務に未練を残したのも、家基を暗殺したと目される田沼意次が権力を握り続けていたからではなかったか。ならば、新将軍が誕生し、権力の座が松平定信の手に移った今、田沼意次の死により、すべては終わった。

騒ぎにならぬ理由がもう一つあるやもしれぬ。ただ今の幕府にとって田沼意次様はもはや過去のお方、孫の意明様が陸奥国下村なる地に一万石を安堵されて大名席にはおられるが、無城の上に、祖父と父が権勢をふるわれただけに意明様の立場は複雑微妙じゃ。そこでひっそりと祖父の死を見送られる心積もりかとも思われる。本日も速水様にこの件を知らされた直後、霧子に使いを立て、木挽町の田沼屋敷の周りを調べてもろうた」

利次郎が、なに、そういうことだったのか、という顔で女房を見た。霧子が利次郎に頷き返し、

「磐音先生からの文を読み、早速木挽町界隈を歩いてみましたが、ひっそりして静かなものでした。一つだけ田沼様の死を裏付ける出来事がございました。裏口から、田沼家と付き合いのある駒込勝林寺の和尚が入って行かれるのを見ました。倅の意知様の公の命日は四月二日ですから、その法事ではございません。住職が裏口からひっそりと入って行かれたこともあり、田沼意次様の死はまず間違いないところかと思います」

霧子が磐音の言葉を補った。

「そうか、あれほどの権勢をふるわれた田沼意次様が亡くなられたか。諸行無常というか、あっさりとしたものじゃな」

　輝信の言葉は、一座の耳に虚ろに響いた。

「磐音先生、弥助様の御用とこたびの田沼意次様の死と、なにか関わりがあるのでございますか」

　辰之助が質した。

「辰之助どの、あると思う。ゆえにそなたらに集まってもろうた」

「ほう、そりゃ、どげんことやろね。田沼意次様が身罷られたのは間違いなかろ。ばってん、田沼様はたい、もう二年も前から死人も同然でくさ、ただの年寄りたい。力はなかったと違うやろか」

「平助どの、いかにもさようです。天明六年九月八日に先の将軍家治様の死去が公になったとき、田沼様は権勢の座から転がり落ちられた。その後、老中罷免、加増の二万石分の没収と謹慎、神田橋御門内の江戸藩邸の返上と、厳しい沙汰が次々に田沼家に下りました。

　家治様の喪が明けた天明七年には田沼様の謹慎もいったん解け、田沼様は三万[illegible]藩政立て直しに取り組もうとしておられ

[illegible]の年の十月、田沼様に新たな処罰が下りました」

「慥か、さらに二万七千石の召し上げ、下屋敷への蟄居に加え、遠州相良の地に築かれた城の召し上げを命じられた」

利次郎が応じて、磐音が頷いた。

「このように、この三年余りを振り返ると、平助どのが申されるように、田沼意次様は二年も前から力を失い、亡くなられたに等しかった」

磐音の言葉に一同が頷いた。

「田沼意次様は、一年も前に『上奏文』を書かれて、己の悲運を嘆くと同時に、『意次、あえて御不審を蒙るべきこと、身に覚えなし』と悲憤慷慨なされておられます。されど、もはやどう足掻こうと凋落は止めるべくもなかった。これが昨年天明七年の五月頃のことです。その最中、江戸の狭くなった田沼藩邸から七人の御番衆が忽然と姿を消しております」

磐音の話が急展開し、うむ、と田丸輝信が洩らすと磐音を見た。右近も聞かされていない話だった。

「沈みゆく泥船から鼠が逃げ出したのですね」

「輝信どの、そうも考えられる。だが、長年田沼屋敷に注意を払い続けてきた弥助どのと霧子はそうは考えなかった」

と磐音が霧子を見て、話を促した。

「田沼意次様には、私どもが気付かなかったことですが、七人の陰の御番衆がこの十年余り従うておられたのです。長年の尚武館との戦いに際しても、この御番衆七人だけは、戦いに加わることはございませんでした。ただ意次様の周りをひっそりと固めてこられたのです。ある意味ではこのことが、若年寄田沼意知様への殿中での刃傷沙汰を招いたともいえます。佐野善左衛門様は、陰の七人衆に阻まれ、城の外で意次様を狙うことができなかったのですから」

考えてみれば、尚武館との戦いで田沼意次その人が表に立つことはなかった。戦いの指揮をとったのは用人であり、倅の意知だった。ゆえに磐音らもその者らに気付かなかったといえる。

霧子が懐から一枚の紙を出し、広げた。

一同の眼が、紙片に書かれた御番衆の名に向けられた。

「柳生新陰流柳生永為　四十七歳

同　近藤丈八　三十五歳

鍋常参右衛門　三十六歳

二十五歳

同　　猿賀兵九郎　　年齢不詳

同　　門橋一蔵　　三十二歳

同　　氏家直人　　二十九歳」

とあった。

「これらの面々は、柳生新陰流裏大和派と呼ばれる、柳生流の中でも異端の流派を学んだ武芸者です。弥助どのもそれがしもそれぞれ尾張柳生などに質してみましたが、どなたも名さえ知らぬ七人衆でございました。また田沼意次様がどこでどう知り合われ、なぜ陰の御番衆として最後まで御側近くに従わせていたか、その理由も分かりませぬ。弥助どのが田沼家を調べても、その正体は分からなかったのです。田沼家でもこの謎めいた七人衆に直に命令ができたのは意次様だけであったそうな」

「先生、この七人衆はくさ、田沼という落ち目の泥船から逃げたと違うと言いなさるとね」

平助が質し、磐音が首を横に振った。

「それがし、これらの七人衆は、師岡一羽先生の天真正伝神道流の土子順桂どのの別働組かと考えておりました。ですが、弥助どのの調べでは、両者は全く関わりがないようです。ともあれ田沼様は上奏文を上げる一方で、最後まで手元に残しておいた七人衆を野に放たれた」

「なんのためでございますか」

「弥助どのの探索によれば、いかなる根拠があってのことかは分からぬが、意知様刃傷を使嗾したのは松平定信様、と田沼様が思い込んでおられたそうな。ゆえに松平様への恨みと、われら尚武館道場への意地かと存ずる」

　磐音は、佐野善左衛門政言が城中で起こした刃傷沙汰の真相を明らかにはしなかった。

「弥助様は、この七人衆の動きを探りに相良へ行かれたのですね」

　右近の問いに磐音が頷いた。

「一年余前、七人衆は東海道を遠州相良城下へと向かって行ったそうですが、立ち寄った先々で憤怒の情を表したか、道場を見かければ勝負を挑み、悉く打ち破ってきたそうな。大久保様が藩主の小田原城下には、御流儀を守る心形刀流久津間正右衛門様の道場があり、江戸にも知られた道場でしたが、彼らは七人対七人[illegible]、道場主の久津間正右衛門様を死に至らしめ、門弟衆六人に大怪我

弥助どのの見たところ、彼らが標榜(ひょうぼう)する裏大和派なるものは、柳生新陰流とは似ても似つかぬ殺人剣法とか。この七人衆が相良城下にしばし滞在して、打倒松平定信、坂崎磐音を合言葉に猛稽古を積んでおりましたが、相良城の没収に伴い、遠州と駿州(すんしゅう)を隔てる大井川に注ぐ支流の一つ、寸又峡(すまたきょう)なる秘境に居を移して最後の実戦稽古を行っている旨、知らせてこられました。本日の書状では、七人衆に動きがあるように見受けられるとのことです」

「江戸に戻ろうとしているのでしょうか。木挽町の屋敷に戻ったところで、命を発した主の田沼意次様は亡くなっておられます」

右近の言葉に磐音が首肯し、

「その者らを相良に向かわせた理由は、最前も言うたように、田沼様が己の死期が近いと悟られたからにござろう。死者が生者を走らせたのです。何も知らずに秘境を出たとしても、江戸に出て、田沼様がこの世の人ではないと知れば、七人衆は即座に行動に移るものと考えられます」

「ただ今のこのご時世、亡くなられた田沼意次様に忠義を尽くす武芸者がおりましょうか。死を賭(と)して老中松平定信様を斃し、われら尚武館に挑むのは、柳生永為らにとってなんの得が、利があるのでございましょうか」

田丸輝信が尋ねた。

「どうじゃな、利次郎どの」

磐音は田丸の問いに自ら答えず、利次郎に向け直した。

「それがし、豊後関前藩に奉公して、藩主と家臣のつながりが思うた以上に深いことを思い知らされました。生前田沼意次様がなにをこの七人衆に約定されたのか知りませんが、弥助様が十月近く危険を顧みず間近に彼らの行動を見張ってこられたには、確かな証があってのことかと思います。早晩、田沼様の死が寸又峡とやらの秘境に知らされましょう。となると、一行七人衆が江戸に姿を見せ、行動を起こすことになるかと思います」

利次郎が言い切り、

「磐音先生、七人衆は、老中松平定信様を襲うのが先か、あるいは尚武館坂崎道場を潰すのが先か、どちらが先でございましょうか」

と尋ねた。

「田沼様を権力の座から引き摺りおろした張本人、老中松平様に刃が向けられま

小田平助が言った。

「こちらに七人衆の眼を向ける策があればよいが」

磐音の自問に、辰之助らはこの戦いが避けられないことだと覚悟した。

「磐音先生、考えを述べてよいですか」

と右近が訊いた。

「右近どの、うちはだれが発言されようと勝手次第です」

「七人衆はただの無鉄砲な武芸者とは違うように思えます。長年田沼意次様の御側に仕えてその姿を知られることなく、また数多(あまた)の戦いにも加わることなく、意次様ご一人の命に従うてきた。そして、最後の命(めい)を果たすべく、相良と寸又峡なる秘境で武芸を積んできた。己を抑え、驕(おご)ることなく最後の戦いに向けて稽古を黙々と積んでおります。おそらく田沼様の死を知らずに秘境を出るというのは、松平定信様の暗殺と尚武館を破る自信を得たからでしょう。なれば、磐音先生が書状を出して、この小梅村に誘われることです。さすれば松平定信様に向かう刃がこちらに向けられる見込みがございます」

ふっふっふふ

と笑ったのは田丸輝信だ。

「右近どの、そなた、なかなかの考えの持ち主じゃな。それに策士でもある」

「輝信さん、貶(けな)しておられるのですか、褒めておられるのですか」

「当然褒めておるのだ」

磐音は右近の言葉を反芻(はんすう)するように考えていた。

利次郎は、柳生永為ら七人衆を相手にするのは、磐音一人か、門弟を含めてのことかと思案していた。もし相手が尚武館の門弟衆六人と磐音を指名したとき、ただ今の尚武館に相手を倒すだけの力の持ち主が何人いるかと、考えていた。そして直感的に、己に小田平助を加えても一枚か二枚足りぬと思った。松平辰平が抜けた尚武館の穴は大きかった。

「右近どの、おもしろい提案です。七人衆が寸又峡を出る前に書状を届けて、小梅村に招きましょう。老中松平定信様の改革は始まったばかり、ここで老中を暗殺させるわけにはいきますまい」

磐音の決断だった。

「先生、書状を届ける使い、私にやらせてください」

[illegible]名乗り出た。

とのことか気になるか」

「密偵は、気を張る務めにございます。まして剣術に長けた七人衆を十月近くも見張るなど、師匠でなければ務まるものではございません。それだけ神経をすり減らす日々が続いているのではと思うのです。弟子の、娘の私が使いに立ってはなりませぬか」

「はて、それは」

霧子ならば飛脚よりも早く寸又峡に書状を届けるであろう。だが、霧子はもはや尚武館の人間ではない。旧藩とはいえ、豊後関前藩の家臣重富利次郎の女房である。勝手に使いになど立てられようか。

「利次郎様には無断でございましたが、中居半蔵様に尚武館の使いができるかどうか相談して参りました」

磐音は利次郎を見た。

「な、なに、亭主に無断でさようなことをしおったか」

と利次郎が慌てるのへ、

「ふむ、相変わらず重富家は女房どのが仕切っておるようじゃな」

と輝信が言った。

「輝信さん、私、利次郎様のことをないがしろにした覚えはありません」

霧子と輝信が言い合い、磐音が話を進めた。

「霧子、中居様はなんと申された」

「わが藩と尚武館は、本家と分家のような間柄。小梅村の主が藩のために鎌倉に旅することもあれば、わが家臣の女房が尚武館のために使いに立つことがあっても不思議はなかろう、と申されました」

「なに、中居様から許しが出ておるのか」

今度は利次郎が腕組みをして黙考する。

「どうしたものか」

磐音が迷った。

「先生、書状はいつ記されますか」

「今宵認める」

「ならば、明朝七つ（午前四時）に霧子は江戸を発てばよい」

利次郎が言い、霧子が亭主の顔を見やった。

「お許しをいただけたのでございますか」

「はあ」

霧子の顔に驚きが張り付いた。

磐音も困惑の体で利次郎を見た。

「先生、身罷られた田沼意次様が刺客として放つ七人衆にございます。相手は身を潜めて、われら尚武館の手の内を観察してきたに相違ございません。弥助様がそれを十月にわたり見張ってこられました。が、それはそれ、不肖重富利次郎、武芸者の端くれとして相手の力量や技量を観察し、そのときに役立てとうございます。それがし、これより屋敷に立ち戻り、中居半蔵様に直談判いたします」

しばし座に沈黙が落ちた。

沈黙を破ったのは平助だった。

「ふーむ、利次郎さんの言、一理なかことはなか。たしかに相手は尚武館を観察してくさ、対策を立ててきちょる。弥助さんに加えて、利次郎さんと霧子さんがくさ、七人衆を見るのは悪かこっちゃなかろ」

「平助どの、利次郎どのは関前藩の家臣として剣術指南の役料を貰うている身にござる。怠けるわけにはいきますまい」

「先生、わしが代役ではだめやろか」

平助が言い出した。

小田平助は槍折れ（やりお）のほか、なかなかの剣術家であり、教え上手であった。

「小田先生、代役、しばしの間お願いいたします」

利次郎が平助に願った。

霧子が磐音を見て言った。

「まさか亭主どのと旅をすることになるとは思いませんでした」

予想外の展開に霧子が驚きの言葉を洩らし、磐音が苦笑いした。すると輝信が、

「利次郎め、敵方の力量を観察するなどと言うておるが、結局のところ霧子と離れたくないのであろう」

「よう言うた、輝信。夫婦和合し、睦まじいのはよいことではないか」

利次郎が平然と宣（のたま）うと、中居半蔵に掛け合うつもりか立ち上がった。

「お待ちなされ。まずは中居様に書状を認めて、それがしからお許しを願い申す」

と磐音が引き止めた。

三

豊後関前藩六万石の上屋敷は、その昔、江戸の内海を埋め立てるために崩した神田山の跡、駿河台富士見坂にあった。また駿河台に連なる神田三崎町といういまの呼び名は、古江戸の内海がこの近くまで広がり、岬が突き出たことに由来するという。

駿河台とは、家康の死後、駿河から江戸に移り住んだ譜代の臣、「駿河衆」の多くが富士山の見えるこの地に屋敷を構えたことからこう呼びならわされた。

その朝、坂崎磐音が藩道場に稽古着姿で入っていくと、家臣たちの間に驚きが走った。

磐音はかつて関前藩の家臣であった。

明和九年（一七七二）、藩政を壟断する国家老宍戸文六の企みに落ちた親友の小林琴平を、上意討ちとは言いながら斬らざるを得なかったあと、磐音は藩を離れて浪々の身となり江戸に出たのだ。

以来、十六年の光陰が矢のごとく流れていた。

その間に幾たびか、藩主福坂実高は磐音に復藩を命じた。だが、磐音は関前藩士に戻ることをよしとしなかった。一方で、藩の外にあって、関前藩の内紛解決や藩財政の立て直しなど諸々に加わり、家臣の間で坂崎磐音は、

「伝説の士」

と評されるまでになっていた。

また神保小路にあった直心影流佐々木道場時代には、磐音が門弟であったこともあり、関前藩士が佐々木玲圓の指導を受けていた。

その後、尚武館の後継になった磐音の道場にも多くの関前藩士が入門して、磐音を師と仰いでいた。さらに磐音が一介の剣術家の域を超えて、亡き西の丸徳川家基の剣術指南役を務め、ただ今は御三家紀伊の剣術指南役に就いていることや、幕府を長年意のままにしてきた田沼意次、意知父子と幾多の暗闘を繰り返してきた事実が、磐音を伝説の元藩士にしていた。

関前藩の国家老を務める父坂崎正睦が中老職にあった当時、同じく内紛の終息に向けて尽力したため、今では父子ともども関前藩の、

磐音が、豊後関前藩江戸藩邸の道場に教えに出ることはなかった。それは旧藩士としての分を守るためだった。

だが今、磐音の愛弟子重富利次郎が関前藩士となり、剣術指南役に就いていた。

また利次郎を含め、何人もの関前藩士が小梅村の尚武館坂崎道場に通っていた。

ゆえに剣術の師弟の関わりがなくはなかった。

その伝説の家臣にして直心影流尚武館坂崎道場の道場主坂崎磐音が、稽古着姿で道場に入ってきたのだ。

藩士にとって驚き以外のなにものでもなかった。

「お早うござる」

磐音が声をかけると、稽古の手を休めた一同が、

「お早うございます」

と声を揃えた。

「尚武館の用向きのため、当家剣術指南役重富利次郎どのの身をいささか借り受け申した。ために、こちらの指導が留守になってしまうことと相成った。長いことではござらぬが、それがしと尚武館の客分小田平助どのが交代で代役を務める

ことになり申した。よろしゅうお願い申します」

磐音は頭を下げた。

「当家家臣一同、坂崎磐音先生の指導を歓迎いたします」

声をかけてきたのは、藩主福坂実高の跡継ぎ俊次（としつぐ）だ。

俊次も尚武館の門弟であり、磐音が師であることに違いはなかった。だが、俊次もまさか駿河台富士見坂の藩道場に磐音自らが指導に立つなど夢想だにしなかったようで、顔を紅潮させて真っ先に指導を願った。

「先生、ご指導願います」

「俊次どの、参られよ」

道場にあるときは、福坂俊次は関前藩六万石の跡継ぎではない。磐音にとって門弟のひとりだ。

俊次の剣術の技量は江戸に出てきたときより格段進歩した。だが、尚武館の門弟でいえば、未だ中位にすら達していない。

磐音は、徳川家基に指導していたように、俊次にも、

「王者の剣」

の扱い、数多の家臣を率いて戦陣の中核に座る者の剣のことだ。勝ち負けに拘ることなく家臣団の要として統率する力だ。

俊次は磐音から王者の剣たるおおらかな剣風を学んでいた。

王者が剣を抜き、自ら戦陣に立つとき、勝敗は決まっていた。

王者たる者、戦いの局面を冷静に見据え、的確な判断と決断をなせばよい。自ら剣を振るうことはないのだ。

剣術の稽古は、胆を練り、何事にも動じない肚をつくるためにあった。

正眼に構えた俊次が臆することなく、踏み込んできた。

磐音は受け方に回り、俊次の真っ向からの攻めを弾き返し、体勢を立て直して正面から攻め続ける姿勢を守らせた。

俊次の動きが緩慢になったとき、稽古をやめさせ、

「俊次どの、竹刀の動きが乱れて参りました。目の先は竹刀の動きに合わせねばなりませぬ。目が泳いでは、万が一の場合、切っ先に魂がこもりませぬ。気持ちと動きがばらばらでは、攻めの一つひとつに切れを失うてしまいます。急ぐことはありません、一つの技をきっちりと決めたあと、次の技に移られませ」

と丁寧に教え諭した。

「はい。ご指導、肝に銘じます」

指導の言葉を頭に刻み込んだ俊次に、磐音は素振りをさせて体の動きを入念に点検した。

その朝、磐音は十数人の関前藩士相手に稽古をつけた。その刻限を見計らったように中居半蔵が姿を見せた。

「殿とお代の方様が奥でお待ちじゃぞ」

「中居様、井戸端を使わせてもらえませぬか。汗臭いまま殿の前に出るわけには参りませぬ」

「天下の坂崎磐音に井戸端で汗を流させたとあっては、関前藩六万石の恥じゃ。湯殿に着替えも運んである」

中居が小姓を呼び、湯殿に案内させた。

磐音はわざわざ昼間に沸かした湯を頂戴し、さっぱりとした。そして、着替えをしながら、本未明七つ発ちした利次郎と霧子は、今頃東海道のどの辺りを進んでいるかと考えた。

霧子は雑賀衆に育てられた女子、長身の利次郎も早足だ。

並の旅人に倍する距離を歩き通し、二十里二十丁先にある小田原城下まで足を伸ばすのではないかと想像した。

（明日は箱根越えか）

勝手知ったる奥へと廊下を進むと、若い藩士や小姓らが磐音を敬愛の眼差しで見つめた。

藩邸の半数ほどが磐音の見知らぬ顔であった。

磐音が藩を離れた後に二度の内紛があり、宍戸文六派に与した家臣の多くが処罰を受けて辞めたり、藩を脱したりしていた。ために新たな人材が関前藩に仕官して、磐音を知らぬ者が増えていた。

磐音が廊下に座すと、

「おお、参ったか」

と福坂実高とお代の方が磐音を迎えた。

「お久しゅうございます」

と挨拶する磐音に、

「磐音は関前藩がどこにあったかも忘れたのではありませんか」

とお代の方が笑顔で質した。

「無沙汰をして申し訳ございません。小梅村に逼塞しておりました」

「俊次から、磐音先生は稽古三昧の日々と聞かされておりました」

「はい」

と受けた磐音は、家臣の重富利次郎と霧子夫婦を私用に使い立てしたことを詫びた。

「そなたにしては珍しい判断をなしたものよのう。なにかあったか」

実高が問うところに中居半蔵が姿を見せた。

「半蔵は承知であろうな」

「はい」

と答えた中居が磐音を見た。その眼が実高に事情を告げよと命じていた。

「殿は、田沼意次様が身罷られたことをご存じでございますか」

と、まずここでもこの話を冒頭に振った。

「なに、田沼様が身罷られたとな」

と答えた実高が顔を横に振り、しばし無言を保った後、

「長い戦いであったな」

に労いの言葉をかけた。

[illegible]しい[illegible]ておりません」

中居が実高に言った。

「なぜじゃ。田沼様が身罷られたとなれば、もはや磐音の道場に手を出すこともあるまい。孫の意明どのは、こたびの公儀の命に素直に従い、陸奥国下村に一万石を与えられたのを有難くお受けした温和なお人柄と聞いておる。尚武館に手出しをする気概はあるまい」

下村藩は、田沼意次が隠居謹慎させられた天明七年十月二日、意次の孫意明のために陸奥国信夫郡下村に陣屋を構えて成立した藩であった。この地の人々は縁なき田沼意明の陣屋を単に、

「宿」

と呼んでいた。大名領とも呼べぬ寒村である。

「殿、田沼意次様は己の死期が近いことを悟られたとき、御番衆七人を解き放ち、刺客に命じられました。わが剣術指南の重富利次郎と女房の霧子は、ために遠州の大井川上流の寸又峡で武を練る刺客らの動きを探るべく江戸を離れたのでございます」

「なんと、田沼様は、己の亡きあとにまで刺客を仕立てられたというのか」

「はい」

中居が応えた。

「磐音、そなたらを斃すための刺客じゃな」

実高が磐音を見て質した。

「さよう心得ます」

「田沼意次という人物、なかなか執念深いお方よのう。妄執にとり憑かれておられる」

実高が慨嘆した。

磐音は、昨夜、利次郎と霧子に託した中居半蔵宛ての書状には、田沼意次が最後に放った刺客の一番目の狙いは老中松平定信にあるとは記さなかった。だが、死後も田沼が執念を燃やす先は、佐野善左衛門の手を借りてわが子意知を暗殺した真の科人、

「松平定信」

にあると磐音は確信していた。

尚武館と磐音については、これまでの戦いの憂さを晴らさんがための、いわば

……た。ゆえに磐音は、速水右近の考えに乗って、柳生永為ら七人

[illegible]は尚武館との「一勝負」を持ちかけたのだ。

実高も中居半蔵も田沼意知暗殺騒ぎの背後に松平定信が控えていて、その真実に田沼意次が気付いていたことなど知る由もなかった。

世間も知らない事実であり、田沼意次の最後の刺客の狙いは、この坂崎磐音と尚武館にあるかのごとく半蔵に宛てた書状にも記し、実高にもそう説明するしかなかった。

「殿、田沼政治から松平定信様の改革へと大きく変わりましたが、殿中の雰囲気はいかがにございますか」

「うむ、詰之間にても、新たな改革が目に見えて成果をあげておるとは言い難いということで一致しておる。松平様は、田沼様の政治のやり方を変えようとしておられるが、それで手いっぱいかのう」

「殿、改革には年余の歳月が要りましょう」

「半蔵、松平様が老中になられて一年余が過ぎておる。だが、掛け声ばかりで成果はない。江戸でも打ちこわしが頻発しておるではないか。せめてかような不届きを公儀が許してよいはずもない」

実高の指摘はもっともであった。

「おお、大事なことを忘れておりました」

磐音が話柄を変えた。

「殿、お代の方様、最上紅前田屋の奈緒一家の関前入りをお許しいただき、忝うございました」

「おお、そのことか。女主が留守をしても、どうやら最上紅前田屋の商い、順調のようじゃな」

山形から江戸に戻った奈緒が今津屋や吉原の助勢もあって、浅草寺門前町の一角に最上紅前田屋を開業したのは、およそ二年前のことだった。

江戸の紅屋が女主と侮る中、奈緒は山形での経験を生かして見事な紅屋を開業した。そして二年目を迎えた夏、初めて国許へ墓参りに入ることを実高に願い出たのだった。

その上、子連れの旅ゆえと、豊後関前藩所有の藩船での往来が認められた。それにはいささか曰くがあった。

元々奈緒の実家の小林家は豊後関前藩の家臣であった。兄の琴平が上意討ちを受けたこともあって小林家は廃絶していた。

だが、この明和九年の騒ぎは、藩政改革を志して江戸藩邸から戻ってきた坂崎

[illegible]河出慎之輔、小林琴平ら青年武士らを潰そうとする国家老宍戸文六らの企ての延長線上で起こったものだった。

河出慎之輔と妻舞（まい）、舞と奈緒姉妹の実兄小林琴平、そして上意討ちの討ち手に選ばれた磐音も、宍戸派の奸計（かんけい）に落ちた犠牲者であった。

実高はそのことを承知していた。

奈緒が江戸で見事に最上紅前田屋を店開きし、商いが軌道に乗ったとき、中居半蔵は、豊後関前の領内で紅花（べにばな）栽培や紅花を使った新たなる商いができないかと、「奈緒の技術と知恵」を借りて、関前藩の藩物産事業の新たな、「売り物」にすべきと実高に説いた。結果、奈緒の関前入りには藩の御用があることを江戸藩邸内に周知させ、一家四人を藩船に乗せたのだ。

それが三月（みつき）前のことだった。

ただ今、浅草寺門前の最上紅前田屋は、武左衛門の次女秋世（あきよ）ら奉公人に任せ、おこんが二日か三日に一度店を訪れ、秋世らの相談に乗っていた。

磐音のお礼の言葉はそのことを指していた。

「磐音、奈緒に同行した米内作左衛門から書状が届いてな、奈緒の見立てで紅花栽培に適した土地を須崎川上流で見つけたと知らせてきた」

「おお、それはなによりの朗報にございます」

「関前領内で紅花栽培から染め、紅造りまでできるならば、藩物産事業の目玉になろう。なにしろ紅一匁金一匁の品じゃからな」

と中居が言い、

「奈緒も墓参りができて、ほっとしたのではないか」

と言い添えた。

奈緒一家は磐音の実家、国家老の坂崎家に泊まっていた。

「関前で造り、江戸で売り出す。奈緒の考え次第じゃが、ただ今の店では手狭にならぬか」

と先々のことまで中居が案じた。

「中居様、まずは奈緒一家が墓参りを済ませ、江戸に戻った折り、紅花のことはゆっくりと話し合えばようございましょう。とかく屏風と商いは広げすぎると倒れると申します」

磐音が中居の酒盃を満たそうとすると、

……れるか」

と実高が磬音に質した。

「下々が申す、いわば言葉遊びにございます」

「されど殿、言い得て妙でございますよ。一軒のお店が客を集めたと思い、二軒目三軒目と店を出すと、料理屋では味が落ちると申します」

とお代の方は得心した。

「お代、下世話のことをよう承知じゃのう」

実高が感心したようにお代の方を見た。

「はい。鎌倉におりますとき、江戸で料理茶屋の女主をしていた女子が東慶寺におりまして、話をしてくれたことがございました。最初、商いはうまくいったそうですが、料理人の亭主が二軒目を店開きした途端、女遊びをするようになりまして、ついには料理の味が落ちてしまい、客は来なくなりましたそうな。多大な借財の末に、ついには私とともに東慶寺で、修行の暮らしを続けることになりました。その折り、屏風も商いも広げすぎるのはよくないと言うておりました」

「ほうほう、そなたの鎌倉修行は、なかなか妙味のある暮らしであったようじゃな」

実高がお代の方と交わす言葉を聞いて、

（東慶寺での修行が実高様とお代の方様夫婦の危機を乗り越えさせたか）

と磐音も中居半蔵も嬉しく思った。

「磐音先生」

と声がして俊次が姿を見せ、

「明日も小田平助先生とお二人にございますか」

「それがしと小田どの、共に尚武館を不在にするわけには参りませぬゆえ、利次郎どのの江戸戻りまで交代での指導をお許しくださりませ。明日はそれがしが務めさせていただきます」

「いえ、それがし、磐音先生に注文をつけているのではございません」

「磐音、尚武館には小田平助なる師範代がおるか」

「小田どのは、その昔、筑前福岡藩の郡奉行支配下芦屋洲口番の下士の五男坊であった人物にございます。曰くは知りませぬが、藩を離れ、小柄な体で槍折れと呼ぶ棒術の一種を会得し、尚武館では入門したての門弟の足腰を鍛える稽古に利用しております。また小田どのの人柄、なかなか得難く、尚武館の客分でござい

と実高が楽しみにした。

こうして利次郎が関前藩江戸藩邸を留守にしている間、磐音と小田平助が代役で交互に剣術指南方を果たすことになった。

四

この日、相州小田原城下の旅籠を七つ発ちした若い巨軀の侍と、きりりと整った顔の女房の夫婦連れがいた。夫婦は前夜の暮れ六つ（午後六時）前に投宿して湯と夕餉を黙々ととり、早々に床に就いた。

女房のほうが就寝前に帳場に来て、宿の支払いを済ませた。

その折り、番頭が、

「明日は箱根越えでございますか」

と声をかけた。

なにか事情がある二人と見たからであろう。

「はい、その心積もりでございます」

「どちらまで参られますので、ご新造さん」

「大井川まで行き、寸又峡なる山奥にいささか用事がございまして」

との女客の答えに番頭は首を傾げた。

番頭は、寸又峡という地名だけは承知していたが、江戸の侍夫婦が行くところではない。

（なにか事情がありそうな）

「明日の山越えでございますがな、箱根の関所は『入り鉄砲に出女（でおんな）』と申しまして、女衆（おんなし）は通るのが難しいところにございます。なんぞ懸念がございましたら、お手伝いできぬことはございません」

と親切にも節介の言葉を口にした。

箱根の関所は小田原藩大久保家が勤番した。

〈女人と武具は御証文なくては通さず。槍もたせざる者は主人の手がた、あるひは所の庄官の手形持参して通る〉

と『袖鏡（そでかがみ）』という道中記に記されているほどの難所だった。

番頭は大久保家となんらか繋がりがあるのだろうか。

[illegible]ございます。ですが、私どもは御用旅ゆえ手形を

女客が落ち着いた声音で礼を言い部屋に戻ると、番頭は、

「駆け落ち者の二人と見たが、私の勘違いでしたかな」

と独り言を呟いた。

次の朝、

「ぐっすりと寝た」

と言い残した亭主が新しい草鞋に替えて女房の仕度を改めたが、亭主より旅慣れた感じですでに旅仕度を終えていた。

「参ろうか、霧子」

朝餉も摂ることなく一番先に旅籠を出た二人に番頭が、

「提灯の灯をともしましょうか」

と言いかけたときには、すでに二人の気配が消えていた。

なんとも旅慣れた動きで無駄がなかった。

「寸又峡に御用やなんて嘘っぱちに決まっておるんやがな」

番頭が首を捻っていたとき、二人は小田原城下の西の外れ、上方見附を通過し、風祭の里へと向かって未だ暗い道を黙々と急いでいた。

利次郎と霧子の夫婦の前に旅人はいない。急いでいるふうには見えなかったが、もしこの二人と歩調を合わせたら、大変な早足と驚いただろう。

早川を三枚橋で渡ろうとしたとき、山駕籠を用意して旅人を待つ雲助が、

「おーい、お侍、急いで行ったってよ、箱根の関所は明け六つ（午前六時）御開門だよ。一服して駕籠にご新造を乗せねえな」

と声をかけた。

そのときには、夫婦連れはすでに橋を渡り、箱根の山道に差しかかっていた。

「あ、あいつら、な、何者だ」

口をあんぐりと開けて驚いた。

利次郎と霧子は、早川に流れ込む須雲川沿いの石畳道をひたすら進んだ。

二人は開門の六つ前に峠越えをする気でいた。

雑賀衆の霧子は、天下の険の箱根の関所にも抜け道がいくらもあることを承知していた。

旅籠の番頭に応えたように、関前藩江戸藩邸の御用手形は所持していた。だが、

[illegible]の気持ちなどさらさらなく、関所を抜ける心づもりで足を

の関所で足止めされるのは周知のことだった。

　突然、初花の瀑の辺りで、馬をつないだばかりの馬子の一人が利次郎と霧子の前に両手を開いて立ち塞がった。片手に頑丈な杖を構えていた。

「待った。そんな早足じゃ関所まで保たねえぞ。馬に乗ってよ、ゆっくりと女転ばし坂を見物しながら登っていきねえな。なあに、駄賃は大したことねえよ。酒手をつけて一人二朱ってのはどうだ」

　仲間らが加わり通せんぼをした。だが二人は恐れた様子も、足を緩める気配もなく馬子たちに近づくと、

「邪魔をするでない」

　と利次郎が声を発し、馬子らの間をすり抜けようとした。

　すると、両手を広げていた馬子の手にした杖が、利次郎の裾をかっぱらおうとした。

　次の瞬間、馬子の一人が突き飛ばされ、

「嗚呼」

　と驚きの声を上げて尻餅をついた。

「なにをしやがる」

殴りかかってきた仲間の杖を利次郎が奪いとり、

こんこん

と眉間（みけん）や額を怪我しない程度に殴り付け、

「痛手を負わぬうちに身を引け」

と言うと、さっさと通り過ぎていった。

その手にはいつの間に馬子から奪ったか、二本の杖があって、利次郎が霧子に、

「杖を使うとよい」

と差し出したが、

「雑賀衆に杖を使う習わしはございません。旅の間、よほどのことでないかぎり両手は常に空けておくのです」

と旅の心得を告げたものだ。

「いかにも理屈かのう」

利次郎は霧子のために奪い取った馬子の杖を石畳道へ投げ捨て、自らはこれからも現れるであろう箱根峠名物の山賊や雲助を追い払うために、残りの一本を携帯した。

[illegible]の音が谷底から恐ろしげに二人の耳に響い

[illegible]を渡ると、山道がいちだんと険しくなった。

馬子が言った女転ばし坂だ。

「ふーん、これが女転ばし坂か。この程度の坂では、霧子を転ばすなど容易ではあるまい」

と利次郎が呟き、慌てた。

「霧子、勘違いをするでないぞ。そなたを転ばそうとか、気が強いとか言うたのではないでな。ただ」

「ただ、なんでございますか、旦那様」

「この程度の坂は内八葉外八葉(ないのはちようげのはちよう)で育った霧子には、屁(へ)でもないと言いたかっただけだ」

「いかにも足が弱い女人には応(こた)えても、この霧子にはなんでもございません」

と霧子が応じたところで夜が白んできた。

「霧子、この先の畑宿(はたじゆく)にて朝餉を食(そ)うか」

「いえ、畑宿の先から石畳道を逸れて山に入り、抜け道を通ります。それに少しでも急いだほうが師匠と早く会えます。ここは我慢してください」

と霧子が願った。

「いや、そなたが朝餉を抜くのならば、それがしも付き合う。なあに土佐高知から高野山を目指した折りは、辰平と二人、どれだけ腹を減らして旅を続けたか、それを思うとなんでもないわ」

利次郎の追憶に霧子が微笑んだ。

間宿の畑宿を二人は通過し、前後に人がいないことを確かめた霧子が利次郎の前に出て、須雲川への急な崖地を下り始めた。利次郎が直ちに従い、河原に下りると、上流へと向かって歩き出した。

どれほど歩いたか、流れが細くなり、霧子が今度は斜面を登り始めた。

さすがの利次郎も額に汗が浮かんだが、霧子の足は止まる様子がない。

不意に見晴らしのいい尾根筋に出た。

ようやく霧子が足を止めた。

ふうっ

と息を吐く利次郎の視界に霊峰富士山と芦ノ湖の湖面が見えた。なんとも雄大な景色だった。

箱根の関所の開門を待つ旅人たちの声が湖岸から伝わってきた。

鞍掛山の頂に二人は立っているようだと、利次郎は見当をつけた。

に箱根峠の先へと出ます」

「霧子、なぜかような裏道を承知じゃな」

「姥捨の郷育ちが相州箱根の抜け道を承知なのは、おかしいですか」

「おかしくはないが、どうして承知かと思うただけじゃ」

霧子が懐から手拭いを出し、利次郎の額の汗を拭った。

利次郎はにんまりと笑い、

（二人だけで道中するのも悪くないぞ）

と思った。

「なにを考えておいでです」

「いや、よからぬことなど決して考えておらぬぞ」

それならようございますと霧子が答え、言葉を続けた。

「尚武館がいかなる事態に陥り、どのような御用が磐音先生から命じられるかもしれません。その折り、知らぬでは役に立つまいと、師匠が手造りの絵図面を前に、関八州の抜け道を懇切に教えてくださったのです。私の頭には師匠の描かれた絵図面が刻み込まれております」

「そうか、それで承知か」

霧子が背に負った道中嚢から布袋を出し、小分けにした干飯や木の実を利次郎に差し出し、

「朝餉と昼餉はこれで我慢してください」

と願った。

「雑賀育ちの女房どのはなんとも便利なものかな」

利次郎が褒めたとき、関所を遠くに見下ろす山道の前後に、獣の皮で拵えた袖無しなどを着込んだ連中が、短弓や手槍を構えて姿を見せた。

利次郎と霧子はそれぞれ五人ずつの山賊に前後を囲まれたことになる。

「なんだ、おまえたちは」

霧子の手から木の実を一つ摘まんだ利次郎が、箱根峠への下り道を塞いだ頭分と思しき男に訊いた。

「夫婦連れか。箱根の関所は抜けられても、裏関所はそうはいかぬ。懐のものをすべて出し、女房を置いてさっさと去ね。大男の亭主の命だけは助けてやろうかえ」

と威張った。

にとって大事な嫁女を箱根の山中に残してい

「つべこべぬかすと、二人とも死ぬことになるぞ」

山賊の頭分が言ったとき、利次郎の手の中にあった木の実が弾かれて頭分の顔を直撃した。

「な、なにをしやがる！」

仲間が手槍や短弓を構えたとき、利次郎が馬子から奪った杖を振りかざして踏み込んだ。立ち竦む頭分の体を楯にしながらも杖で額を殴り付け、その背後にいた四人の山賊の群れに一気に飛び込むと、右に左に杖をふるって叩きのめした。一瞬の早業だった。尚武館の稽古で培った利次郎にとって、なにほどのこともなかった。

「霧子、大丈夫か」

振り向いた利次郎の眼に、いつの間に干飯や木の実の袋から鉄菱入りの革袋に持ち替えたか、霧子が無言裡に擲った鉄菱に、後ろを塞いでいた山賊五人が山道に倒れて呻いている姿が映った。

「雉も鳴かずば撃たれまいに」

と利次郎が言うと、

「女房どの、ご先導を」

と願った。

磐音は豊後関前藩上屋敷で昼餉を馳走になり、藩邸を後にした。富士見坂を下るとき、遠くに富士山の頂きを見た。

(利次郎どのと霧子はどこまで進んだか)

と富士を見ながら磐音は思った。

磐音にとって松平辰平と重富利次郎は最初から手がけた愛弟子といえた。むろん二人は神保小路の佐々木道場に入門したのだが、大先生の玲圓より磐音によって一人前の剣術家になったといえた。そして、磐音が尚武館佐々木道場の後継になったことで、その意味合いはさらに大きくなったといえる。

さらに師弟の絆を強くしたのは、武者修行に出ていた辰平と、父親に従って高知入りしていた利次郎が、田沼意次に江戸を追われた磐音とおこんらの流浪の旅に合流したことだった。雑賀衆の姥捨の郷でともに暮らした歳月と修行によって、その絆が確固たるものになっていた。

その二人、今は磐音のもとから旅立っていた。

関前藩江戸藩邸に奉公する利次郎も、それぞれ尚武館と深い繋がりがあった。

田沼意次が放った刺客七人衆の出現に、利次郎は自ら立ち合う気でいることを磐音は承知していた。ゆえに霧子への旅の同行を磐音に願い、藩にも許しを得たのだ。

筋違橋御門に出た磐音の足は、橋を渡り、下谷御成道へと向けられた。

爽やかな昼下がりの秋空が広がっていた。

磐音は下谷広小路の人込みを歩きながら、四年ほど前、この界隈で絵師の北尾重政と会ったことを思い出していた。

北尾は尚武館に滞在して描き上げた『尚武館夏景色六態』の成功で新境地を開き、再び昔の勢いを取り戻しているという。

上野山下から下谷車坂町の寺町に入り、新寺町通りへ折れて東本願寺の角を北に曲がると、浅草寺の境内が見えてきた。

磐音が訪ねようとしているのは、浅草寺門前町に二年前店開きした最上紅前田屋だ。

むろん前田屋の女主の奈緒は亀之助、鶴次郎、お紅の三人の子を伴い、豊後関前に墓参りに出向いて留守だった。

だが、奈緒が留守の間、最上紅前田屋は秋世と小女のたえの二人で守ることになっていた。

秋世は、未だ紅について深く承知しているわけではない。そこで江戸を離れる前、奈緒は、留守をする半年ほどの間に売る紅猪口、紅板などを造りおいて関前に向かったのだ。

とはいえ、秋世とたえの二人だけで店の切り盛りができるわけもない。そこで時折り、おこんが店の後見方として顔出しすることになっていた。

磐音の視界に濃紅の幟が秋空に靡いているのが見えてきた。

「どうじゃな、商いは」

磐音が紅花で染められた暖簾を潜りながら声をかけた。すると、おこんと秋世が深刻な様子で何事か話し合っていた。

客の姿はなかった。

「このところ客足が絶えているらしいのです。秋世さんが自分の力不足で客が来ないと言うのを、商いには必ず山坂があると慰めていたところです」

「秋世どの、そなたのせいではない。これには理由があるのじゃ」

「どういうことでしょう」

おこんが訊いた。

「おそらく、松平定信様の改革に関わりがあろう」

「えっ、紅が公儀の改革と関わりがあるのですか」

「秋世どの、紅だけではない。松平定信様は、幕府がこれまでもたびたび出してきた奢侈禁止の触れを改めて出す気でおられる。ゆえに町奉行所などでは、前もって贅沢な絹物や小間物などを取り締まる仕度をなされておられる。『紅一匁金一匁』といわれる紅も、間違いなくその触れに引っかかろう」

「えっ、すると最上紅前田屋は潰れるのですか」

秋世が案じた。

「老中松平定信様は、米をはじめとする諸々の品の高騰の原因は、町人衆の奢った暮らしにあると思われておるのだ」

「それは偏った考えです。それだけではありませんよ」

とおこんが反発した。

「分かっておる、おこん。さような触れに効き目がないことは、何度か繰り返された奢侈禁止令が教えておる。華美な風潮を公儀のお触れ一つで取り締まれるわけもなかろう。しばしの辛抱じゃ。奈緒が戻ってくるまで、秋世どの、店を守ることが大事なのじゃ」

磐音が諭した。

「はい」

秋世がほっとしたように安堵の顔を見せた。

だが、この奢侈禁止令が翌年の寛政元年（一七八九）三月十五日に正式に発布されることを、このとき磐音ら三人は知る由もなかった。

第三章　寸又峡の七人衆

一

江戸を出立して三日目の夕暮れ、利次郎と霧子夫婦は大井川を前にした島田宿に到着していた。

江戸日本橋から島田宿まで五十二里余ある。

江戸時代の健脚の旅人が一日十里平均に歩いたことを考えると、一日十七、八里平均という超人的な速さで歩き通したのだ。

明日からは東海道を離れて大井川の左岸沿いの道を経て川を渡り、遠江国榛原郡千頭村まで歩くことになる。

旅籠に入り、運よく相部屋ではなく夫婦で一部屋が与えられた。

「南風は水増し、西風は水落ちる」

と言い伝えられてきた大井川の渡しが川止めにも至らず、旅人たちは順調に川渡しができたせいで、島田宿にも対岸の金谷宿にも旅人が溢れる騒ぎはなかった。

利次郎と霧子は湯に浸かり、帳場裏の板の間の囲炉裏端で夕餉を摂ることにした。

「霧子、よう歩いたな」

利次郎が霧子を褒めた。

「利次郎様こそ大した歩きぶりでございました」

と言い合う夫婦に、

「お侍様、どこから来なさった」

と秋葉山に詣でたという出で立ちの講中一行の先達が訊いた。

「江戸でござる」

「夫婦して褒め合うておられたが、江戸から何日で来られた」

「いささか急ぎ旅ゆえ三日でこの島田宿に辿り着いた」

「馬鹿も休み休み言いなされ。冗談はなしですよ、お侍様。お内儀を連れて江戸

軽かった。ゆえに二日目は吉原泊まりであった。三日目がこの島田宿じゃ」

「それは無茶だ。いや、無理だ」

と囲炉裏端の旅人が言い張り、だれも信じなかった。

利次郎も霧子も別に抗弁する様子もなく、皆の言葉をにこにこと聞いていた。

「利次郎様、少しばかりお酒を頂戴しましょうか」

「よいのか。明日は弥助様と会える目処(めど)が立った。ならば少しくらいよいか」

利次郎が自らを得心させ、霧子が旅籠の女衆に願った。

「冗談好きのお侍様、まあ一杯」

秋葉山詣での先達が自分の盃を飲み干し、利次郎に差し出した。迷った利次郎が霧子を見た。

「旅のお方のご厚意です、お受けなされてはいかがです」

と霧子に言われ、

「頂戴いたす」

と相手の盃を利次郎が受けて酒が注がれた。そして、ゆっくりと飲み干し、

「今日もよう歩いた。酒が喉(のど)に染みる」

「お侍はどこの家中の方ですね」

「豊後関前藩六万石の新参者じゃ」

「なに、駿河台富士見坂の関前藩とな。あの藩はなかなかの商い上手。御領内の関前から海産物などをあれこれ船で運んできて、江戸で売りさばいておるそうな。内所（ないしょ）は豊かと聞いたことがある」

先達は物知りだった。

「藩物産所の仕事でござる」

「で、おまえ様はなんの役ですかえ」

「一応、御番衆と剣術指南を務めておる」

「おお、体が大きいと思うたら剣術（やっとう）の先生ですか。おや、待てよ、関前藩の関わりで、亡くなられた西の丸徳川家基様の剣術指南がおられたな。坂崎磐音とか申されて先の老中田沼様と暗闘を繰り返された武勇の士だ。たしか今は、小梅村で尚武館坂崎道場を開いておられる」

「それがし、坂崎磐音の弟子にござる」

「なに、神保小路にあった尚武館佐々木道場の後継がお侍様の師匠だと。うー

ご老人」

「いや、どうりで雲つくような偉丈夫と思いましたよ。となると最前の話、真のことやもしれぬな」

初老の先達が言い、仲間が質した。

「先達、なんだえ、真のことって」

「江戸から島田まで三日で歩いてきたってことだよ、兼さん」

「だ、だってお内儀連れだぜ」

「わが内儀はそれがしより足が達者でござってな。それがし、牛に引かれて善光寺参りならぬ、内儀に引かれての東海道上りでござった」

利次郎の言葉に先達がしげしげと二人の顔を見て、

「よく見れば、二人とも只者の顔じゃないね」

と言うところにちろりで燗された酒が運ばれてきて、霧子が囲炉裏端の衆に注いで回った。

「お内儀は足が達者なばかりじゃねえぜ、先達。愛想もいいね、お侍様、いいかみさんを貰いなすったね」

と仲間が言い、

「いや、それが反対でな、それがしが貰われたのじゃ」

「ふーん、お侍様方、かなりの変わり者じゃな」

と先達が言い、さらに尋ねた。

「で、どちらに行かれますな」

「大井川の上流の寸又峡に御用で参る」

「ははあ、藩の御用で駿府の茶の買い付けだね」

と先達が聞いた。

駿府一円に茶の栽培が広まったのは鎌倉時代中期のことで、府中栃沢生まれの聖一国師（一二〇二〜一二八〇）が宋の国から持ち帰り、府中足久保に茶の実を植えたのが始まりとされる。ゆえに聖一国師は駿府の茶の始祖とされる。

大井川両岸にも茶畑があるのだろう。

「まさか明日一日で寸又峡まで行くとは言われめえな。東海道と違い、道が悪いだよ」

と土地の者が言った。

「まあ、われらの足と相談しながらぼちぼち参る」

「お内義の足ではねえだ。お内義の足を案じながら行くだよ」

翌朝、秋葉山に詣でた講中の一行が囲炉裏端で朝餉を食そうとしたとき、すでに利次郎と霧子の姿はなかった。

「若い夫婦だ。江戸からの疲れでまだ寝ておられるか」

と先達が言うと、旅籠の番頭が、

「先達さん、あの二人、半刻以上も前に発たれましたよ」

「えっ、魂消たな。尚武館の門弟というのも、関前藩の剣術指南というのも嘘じゃなかったということか。この分ならば、大井川の源だろうとなんだろうと、あの二人なら今日中に辿り着くぜ」

と驚きの声を発した。

そのとき、当の噂の二人は大井川左岸の神座なる集落を通過して、ひたすら上流の千頭村を目指していた。

時折り、出会った人々や野良作業の百姓衆に、江戸から来たと思しき武家方か小者が千頭村に向かっているのを見たかどうかを尋ねた。だが、だれもが、

「あんたらは江戸の人か」

と尋ねるのへ、

「はい」

と霧子が応えると、

「よほどの変わり者やな。あんたらのほかに、江戸から来たと思える旅人は何年も見てないよ」

との返事ばかりだった。

むろん二人が尋ねたのは、田沼家の使者が柳生七人衆に意次の死を知らせに行ったかどうかを知るためだった。

夕暮れ前、二人は川の両岸に茶畑がある集落に入っていた。

「弥助様との連絡（つなぎ）の場はどこであったかな」

「千頭寺という山寺ですよ」

霧子が土地の者に尋ねて、二人は丸太橋で大井川の右岸へと初めて渡った。

弥助は、霧子に宛てた書状で、

「なんぞ急用あれば遠州榛原郡千頭村の山寺千頭寺」

と認（したた）めていた。

[illegible]霧子を呼び寄せたのではなかった。ゆえに弥助が今どこに

詳しくは知らせていなかった。

千頭寺の庫裡（くり）を訪ねて、弥助の居場所を尋ねると、

「なに、江戸から見えられたか。弥助さんはただ今寸又峡に入っておられるがのう」

と和尚が答え、

「そろそろ郷に下りてこられてもよい頃じゃ。寺で待ちなされ」

利次郎と霧子に言った。

弥助がいるところまで二里はあるという。夜の山道を無闇（むやみ）に進むのは危険だと、二人は寺に厄介（やっかい）になることにした。

翌朝、利次郎が起きて本堂の前に出てみると、小僧が落葉を燃やして、硫黄（いおう）粉を振りかけていた。そのかたわらに霧子がいた。

「うまくいけば師匠を呼び寄せることができます」

一条の煙は黄色を帯びて風もない空へと昇っていった。

「われら、この寺で待てばよいのか」

「当てもなく探すよりそのほうが早いでしょう。それにできることなら、私たち

がいることを柳生七人衆に知られたくはありません。半日待って沙汰がなければ寸又峡へと向かいましょう」

と霧子が答え、

「村を歩いたのですが、村のよろず屋に五日に一度、七人衆が食べ物を購いに来るそうです。その折り、師匠も姿を見せるというわ」

と言い添えた。

利次郎と霧子は千頭寺で弥助が現れるのを待つことにした。すると四つ半（午前十一時）時分に髭面の弥助が飄然と姿を見せた。

「おお、弥助様だ。霧子の連絡が届いたようですね」

「利次郎さん、霧子、息災のようだな」

宿房で対面した弥助が二人の顔を懐かしげに見た。そして、

「霧子に亭主どのまで従うてきたからには、なにか異変があったか」

と尋ねた。

利次郎が弥助に田沼意次の死を告げた。

その話を聞いても、弥助はしばらく沈黙したままだった。そして、

尚武館の面々もこの知らせに接したときと同じ、虚脱の様子を見せた。

ここ数年、磐音以下、尚武館の面々は、田沼意次、意知父子一派との厳しい戦いに明け暮れてきたのだ。

老中を解任されたときから、高齢の田沼意次が近い将来、

「死の刻(とき)」

を迎えることは予測していても、実際に聞かされてみると、虚(むな)しさともなんともつかぬ感情が心を掠(かす)めた。

「弥助様、田沼家からの使いは来ておりませんか」

利次郎が訊いた。

「遠州相良城下にいるときから、田沼家の者とは接触を絶ってきた柳生らだ。だが、田沼意次様が身罷られたとなれば、その死は江戸藩邸の井上(いのうえ)用人から知らせてこよう。霧子、そなたらは何日でこの千頭寺に到着した」

「速水左近様が磐音先生に田沼様の死を知らせたのは、死の直後と思えます。その翌朝には私どもは江戸を発ち、島田宿まで三日、この千頭村には四日目の夕暮れに着いております」

「田沼様の使いがそなたらより半日先行したとしても、そなたらの早足が追い越

したのであろう。使いがこの千頭村に姿を見せるのは早くて明後日、いや、三日後か。七人衆の暮らしに変わりはないし、だれぞが訪ねてきた気配も一切ない」

と弥助が言い切った。

「弥助様、磐音先生の書状を預かってきました」

そこで利次郎が、柳生七人衆に宛てた磐音の挑戦状を弥助に見せ、その意図を語った。

「先生は、七人衆の狙いをまず尚武館に向けさせようと考えておられますか」

「はい」

「この書状、わっしが預かろう」

「七人衆に届けるのですか」

「この十月ほどの間、わっしは遠くから気配を見せぬよう動きを見守ってきたゆえ、命を長らえたのだ、利次郎さん」

「それほどの強者ですか」

「田沼様が最後に選ばれた刺客だけのことはある。厳しい修行の明け暮れは、愚直にして壮絶というてよかろう。尚武館とて決して油断はできぬ」

「磐音先生は、土子順桂吉成と申される武術家との関わりを気にしておられまし

柳生七人衆に土子様が加わると、磐音先生を含めた尚武館とて決して安泰ではないと危惧されておりました」

「それが、わっしはこの十月ばかり柳生七人衆を見守ってきたが、土子様の影は全く感じられん。相良領内に住む土子一族が田沼様に恩義を受けたことを意気に感じ、土子様は剣術家坂崎磐音との尋常の勝負を引き受けたのであろう。ところが対面した坂崎磐音に、剣術家として大いなる魅力を感じられた。ゆえに土子様は、刺客というよりも剣術家として、万全の稽古を積み、尋常なる一対一の勝負を望まれたのだ。繰り返すがこの立ち合いには尚武館と田沼様の確執の色合いは薄い。剣術を極めんとする者の純粋な願いしか感じられぬ。

一方、田沼意次様の命を受けた柳生七人衆には、松平定信様への恨みがなによりも強い。尚武館との戦いは、松平定信様を死に至らしめたあとのことと考えているでしょうな」

弥助は、柳生七人衆が公儀の意向で相良城が取り壊されたことを知り、老中松平定信への憎しみを一段と募らせ、寸又峡での山修行でも松平定信に見立てた藁人形を斬り刻む行為を繰り返していると告げた。

「となると、松平様の前に尚武館に矛先を向けさせようとする磐音先生のお考えは、いささか無理にございますか」

利次郎が首を捻った。

「七人衆は五日に一度この郷に下りてきて食い物を購うてまた寸又峡に戻る。この郷に一軒しかないよろず屋に磐音先生の挑戦状を預けておけば、奴らの手元に必ず届く。だが、書状だけで田沼意次様の命を尚武館に向け変えさせることができるかどうか、その反応を見るしかないであろうな」

言い残した弥助が郷のよろず屋に書状を届けに行った。

「霧子、どう思う」

「柳生七人衆が松平定信様を差し置いて尚武館に戦いを挑んでくるかどうか、と尋ねられておられるのですね」

「そのことだ」

と応じた利次郎が、

「意次様の御番衆をこれまで秘めやかに務めてきた七人衆だ。六百石の旗本から五万七千石の大名に出世して、城中を掌握した田沼意次様の家来が数だけを揃えた寄せ集めであったことは、家治様の死後の凋落に際し、ひとりの家来たりとて主家に忠義を見せた者がいないことでも察しがつく。だが、これらの七人衆は、

ことを控え、田沼意次様の身辺のみを守ることに徹してきた。その七人衆が田沼意次様の最後の命を受けたのだ。まず田沼様の定信様への恨みは、佐野善左衛門様を使嗾して殿中で刃傷に及ばせ、その結果、倅意知を死に至らしめたことにあろう」

「利次郎様、世間の噂に過ぎませぬ」

と霧子が亭主の言葉を牽制した。

佐野善左衛門が定信の意志に操られて、松平家所蔵の粟田口一竿子忠綱を借り受けて凶行に走ったことは、尚武館でも磐音、弥助、あとは研ぎ師の鵜飼百助など限られた者しか知らないことだ。

霧子とてその全容は知らされていないが、弥助の動きや磐音の反応を見て、推測はついた。だが、その考えを亭主の利次郎に告げたことはない。

「霧子、世間の噂が真実を語っておることはままある。田沼意次様が自らの死後、柳生七人衆を松平定信様暗殺に走らせようとしておられる事実がその証だ」

亭主の反論に霧子はかすかに首肯した。

「七人衆の狙いの順番を変えるには一工夫が要る」

利次郎が言った。

「一工夫とはなんでございますか」

「田沼家の使いは未だこの地に到着しておるまい」

「はい」

「柳生七人衆は、田沼意次様の遺志を伝える使いが何者か、承知であろうか」

「いえ、それは」

「田沼家用人の井上寛司が、亡き主の意を受けた最後の命を発する。だが」

はっ、としたように霧子が利次郎の顔を見た。

「使者を捕え、身代わりを立てると言われますか」

「できぬ相談か」

霧子が沈思した。長い沈黙だった。

「やってみる価値はあります。柳生七人衆は田沼意次様の御側にひっそりと控えていた面々、田沼家の他の家来衆や奉公人と付き合いはございませんでした」

「よし、それがしが田沼家からの使いに化ける」

利次郎が霧子を見た。

「利次郎様、まず大井川沿いに島田宿へと戻る道で、田沼様の使者を捕えるのが

詰めるために、庫裡に墨硯筆三品を借りに行った。

二

大井川は、駿州、信州、甲州の国境付近にある間ノ岳（あいのたけ）に源を発し、赤石（あかいし）山脈と白根（しらね）山脈の間の谷間を南に下り、駿河の内海に注ぐ全長四十二里（百六十八キロ）の流れだ。水源付近は降雨量が多く、水量も多い。ために江戸時代を通じて、橋を架けることが許されなかった。

上流では、住人の足として丸太橋が黙認されたが、中流域では桶（おけ）に乗せて渡す「桶越し」と呼ばれる方法で両岸を行き来した。さらに東海道付近の下流では、「箱根八里は馬でも越すが越すに越されぬ大井川」と最大の難所だった。

大井川を挟んで位置する島田宿と金谷宿の二つの宿場には、それぞれ三百五十人の人足が控えて、旅人を担いで渡ったり、蓮台（れんだい）に乗せて渡したりした。

利次郎と霧子が田沼家の使いを待ち伏せしようとしたのは、大井川の中流域、鵜山（うやま）の七曲（ななまが）りだ。

二人は、島田から千頭村に向けて大井川左岸の道を上ってくるとき通った、隆起した地層に水量の多い流れが流れ込んでできた、大きく蛇行する鵜山の七曲りの景観に狙いを定めた。

大井川を上流へと旅する江戸の人間は、滅多にいない。

また田沼意次の死は、必ずや田沼意次の用人井上寛司の書状にて柳生七人衆に知らされると利次郎らは考えた。

意次が最後の刺客柳生七人衆に遺した命に対し、坂崎磐音は翻意させるべく挑戦状を叩きつけた。

七人衆の行動の秋（とき）は、田沼意次亡きあとと思えた。意次は、孫が安堵された一万石を幕府に召し上げさせるような遺言はすまいと考えたからだ。だから、七人衆が老中松平定信に刃を向けるのは、田沼意次亡きあとでなければならなかった。寸又峡で修行を積みながらその秋を待つ柳生七人衆は未だ、

「田沼意次の死」

を知らないはずだった。狙いを老中松平定信から尚武館の坂崎磐音一統に向けさせる挑戦状を受け取ったとしても、柳生七人衆が即座に行動を起こすとは思え

が知らされたあと動くと、利次郎も霧子も考えていた。

二人は四里ほど下流に下った鵜山の七曲りでも、左岸沿いの道が細くなったあたりの御堂に居を構えて、田沼家からの使いを待つことにした。

この御堂のかたわらには、鵜山の七曲りが増水したときなどの避難小屋があり、四畳ほどの板の間に囲炉裏が切ってあって、数人なら寝泊まりできた。

利次郎と霧子は、鵜山の七曲りの景観を見ながら、ひたすら使者を待ったが、江戸からの旅人どころか住人とて滅多に通りかからなかった。ただ、鵜山の七曲りを下流へと向かう筏が日に一度だけ見られた。

一晩目が過ぎ、二晩目を迎えようという頃合い、御堂の軒下に吊るした霧子の菅笠を見たか、背に大きな竹籠を負い、まるで土地の人間のような形の弥助が姿を現した。

「井上用人の使いは来ませんかえ」

「未だ来ません。使いを立てるのではのうて、なにか別の手立てで田沼意次様の死が知らされるのではないでしょうか」

「利次郎さん、死者が最後の刺客を走らせる、そのための使いが必ず出されるはず。田沼意次とはそのような人物よ」

弥助は利次郎の迷いの言葉を否定した。

「われらは、速水左近様から磐音先生に田沼様の死が知らされた翌日には江戸を発ち、四日目の夕暮れには千頭村に到着しておりました。千頭寺に一泊し、この鵜山の七曲りに戻って二晩目を迎えようとしています。田沼様の領地は遠江の相良、大井川はよう承知でしょう。主の死を刺客七人衆に伝える使いが、七日も八日も要するでしょうか」

と、それでも利次郎が弥助に訴えた。

「利次郎さんや、霧子やそなたの足は、並の人間には想像もできぬほど健脚だということを忘れておりませんかな。江戸から箱根の難所を越え、大井川の上流に潜む柳生七人衆のもとへと向かう使いだ。そなたらに倍する日にちを要したとしても不思議はない。まあ、ただ今の田沼家には、正直、目端(めはし)の利(き)いた家来は残っておりませんがね。なあに、明日あたりには姿を見せますよ」

と弥助が言い、大きな竹籠から握り飯やら菜になる漬物、竹筒に入れた濁り酒、それに、なにに使うのかこの界隈の人間が着ているような古着の類まで板の間に

餌と木の実ばかり霧子に食わされて、まるで猿か鳥にでもなった気分でしたよ」

利次郎が生き返った顔をした。

「弥助様、磐音先生の書状、柳生七人衆は受け取りましたか」

利次郎が訊いたのは、囲炉裏端のちろちろと燃える火を前に、茶碗いっぱいの濁り酒を飲んで、ほっとした頃合いだった。

「山から五日ぶりに下りてきた七人衆の二人が、よろず屋の爺様から書状を受けとった。何者が届けたか、としきりに爺様に聞いていたが、見ず知らずの旅人が渡してくれと置いていったと、わっしに言い聞かされた言葉を繰り返すばかりで、埒が明かねえ。二人は品物を購うと早々に寸又峡の隠れ家に戻っていきましたよ。それが昨日のことだ」

「磐音先生からの書状を読んでも動きはありませんか」

「いや、山奥に磐音先生からの挑戦状が届いたにも拘らず、ひっそりといつもの平静を保ち、今朝方も山修行に出ていきましたよ。磐音先生だけの挑発では動きはない」

弥助は二人を尾行して、七人衆の隠れ家近くで反応を確かめたのだろう。

「磐音先生の挑発に動かぬのは、先生の言を信じていないからでしょうか」

「利次郎さん、磐音先生の書状の中身を承知ですかな」

「いえ、われらは書状を預かっただけで承知しておりません」

利次郎の言葉に弥助が長いこと沈思していたが、

「先生は、田沼意次様の死に一切触れておられぬのではないか。ただ、挑発するだけの文面を認められたやもしれぬ」

「えっ、われらがわざわざ大井川の上流の秘境まで旅したというに、一番大事な事実をお書きにならなかったのですか」

「磐音先生も当然、田沼家からの使いが寸又峡に向かわされると考えられた。ゆえにその知らせは田沼家の使いによってもたらされるべきだと、その事実には触れられなかったのではないか」

「だから、柳生七人衆も磐音先生の挑戦状を無視したのですか」

「磐音先生は、二段構えで柳生衆を小梅村に誘導しようと考えられたやもしれぬ」

磐音は田沼意次の遺した最後の刺客を承知していること、そして、いつなんどき、書状を認めた。だが、田沼意次の死の知らせは、田

いないと弥助は言うのだ。

「師匠の考えに間違いございますまい」

霧子も弥助に賛意を示した。

「なんと、坂崎磐音というお方は、小梅村にあって田沼意次様の考えを読んでおられるか」

「磐音先生ほど田沼意次様の妄念を承知している人物はおられまい」

と弥助が言った。

坂崎磐音は、いつものように未明の闇の中、使い慣れた備前包平、刃渡り二尺七寸（八十二センチ）を抜き打って闇を斬り、再び鞘に戻す行為を繰り返していた。

動作はゆったりとしながらも、谷川の岩場を流れる水のように律動があり、間があった。どこにもよどみがなく、滑らかに抜かれた大包平が静かに闇を斬り裂いた。

そんな動作を百回ほど繰り返す。

一度としてその動きに狂いはなかった。

夜が白んできた。

そのとき、磐音は動きを止めた。額にうっすらと汗が滲(にじ)んでいた。

「父上、稽古は終わりましたか」

父親から離れた場所で木刀の素振りを繰り返していた空也が声をかけた。

「空也、久しぶりに独り稽古を見せてくれぬか」

磐音が願った。

独り稽古とは、小田平助の考えで、薩摩示現流の稽古を取り入れたものだった。小梅村の母屋の敷地の一角に堅木の柱が五本ほど立てられ、空也は木刀を手に走り回りつつ、飛び上がりざま、堅木の頂きを叩く稽古法だった。

この方法は薩摩の流儀の示現流習得のために考え出されたもので、この動きを繰り返すと足腰が強くなり、振り下ろす木刀の打撃が速くなると言われていた。

未だ磐音から尚武館道場での稽古を認められない空也のために、小田平助が提案したものだった。

「父上、こちらに」

空也が庭の北側に立てられた五本の堅木の柱のところに案内した。

[illegible]の頂きが潰れていることに気付いていた。

竹刀で始められた打ち込み稽古の折り、五、六分ほどの力で柱を打て、と注意した。

竹刀が木刀に替わっても、全力での打撃は許していなかった。

「力一杯叩いておるのか」

「父上の教えは守っております」

と空也が応えた。ということは、空也は磐音が考える以上に薩摩示現流の稽古に打ち込んでいるということか。

「父上の留守の間などに、門弟衆も叩いておられます」

父の疑問に空也が応えた。頷いた磐音が、

「父に見せてくれ」

と命じた。

「はい」

裸足の空也は、五本の柱の真ん中に聳(そび)える一際高い柱からおよそ七、八間の間合いをとり、木刀を正眼に構えた。

柱の頂きを睨(にら)み据えた空也が、

「ええーいっ」

と肚の底から気合いを絞り出すと、正眼の木刀を上段へと突き上げ、走り出した。

間合いが見る見る詰まった。

柱の一間余前で、空也の腰が沈み、次の瞬間には、

ふわり

と虚空へ飛び上がり、空也の顔が柱の頂きを見下ろすほどに飛翔すると、

「きええいっ」

という気合いとともに上段の木刀が柱の頂きを叩いた。

カーン

と乾いた音が響いたとき、空也は地面に下りると同時に、次なる柱、左前方の柱に走り寄り、跳躍し、狙いを定め、打ち下ろしていた。だが、全力で打つのではなく、五分の力でしなやかに打ち下ろしていた。

いつの間にか、空也が十分な体力と正確な技を身につけていることに磬音は驚きを禁じ得なかった。

磬音はこれまで薩摩示現流を学んだ武芸者と立ち合いをした経験があった。そ

恐ろしいまでの破壊力を承知していた。必

一撃目を外されたとき、示現流の弱点が露呈した。つまりは、二撃目につなげるべく、相手の動きをよそに再び新たなる力を溜めるための間が生じるのだ。

空也は自ら思案したのか、真ん中の柱を叩いた後、着地した瞬間に正眼に戻し、脳裏に仮想の相手の動きを考えに入れて、緩やかな動きを加えていた。

空也の稽古には動と静が交互に取り入れられて、できるだけ死角がないように心がけがなされていた。

どれほどの時が流れたか。

空也が真ん中の柱に向かい合うと、正眼に構えた木刀を引き、一礼した。

「いかがですか、父上」

「平助どのから教授を受けたか」

「最初に薩摩示現流の攻めの動きを見せてもらいましたが、あとは自分で考え、工夫して、剣術の基（もとい）となる体力をゆっくりと身に沁み込ませる稽古法として利用しなされ、と小田様に言われました」

「それでそなたは、小田平助どのの槍折れの稽古を示現流に取り入れたか」

「はい」

と空也が微笑み、

「父上、薩摩示現流が目指す剣法は、速くて強い打ち込みのように見えますが、この攻めの剣法を、いつまでも続けることはできません」

「よう気付いたな」

「それで小田様の槍折れの動きや父上の独り稽古を見倣い、取り入れました」

磐音は空也がいつしか剣術家の道を歩き始めていることに気付かされていた。

「勝手にあれこれと動きを取り入れるのはいけませんか」

「いや、剣の修行は、所詮孤独な途を歩きつづけることじゃ。師の言葉も兄弟子の教えも、物を嚙みしめるようにとくと考えた末に、最後に一つの道を、方策を選ぶのは己じゃ。何事も取り入れ、己に合わぬと思うたら捨てることじゃ」

「はい」

「空也、いましばらくこの広大な大空の下、独り我慢してみよ。このような時期は今しかない」

「はい」

空也が力強く応えた。

御堂に姿を見せた翌日の昼下がり、霧子は、島田宿から馬子が二人、二頭の馬の背にそれぞれ男女を乗せてくるのを見ていた。

「もしや、あれか」

弥助も気付いて言った。

二頭の馬は御堂の前に止まり、

「お客人、ここからは歩いて行ってくだせえ。寸又峡だ、接岨峡だなんてところはよ、いくら馬賃をもろうても怖くて行けねえんだ」

と馬子が言い出したのを、先頭の女衆が、

「足を痛めておるのじゃ。寸又峡まで行く約束で馬賃を払うておる」

「女衆、わっしらといっしょに島田宿へ引き返すんだね。江戸の人間が行ける所じゃねえ」

馬子が邪険に馬を下りるよう命じた。

「驚いた」

霧子が呟くのを利次郎は耳にした。

その霧子の形は、弥助が竹籠に入れてきた土地の女子の古着に替わり、頭に破れ笠を被り、泥を塗した顔は、もはや霧子ではなかった。

「どうした」

「木挽町田沼屋敷の奥向き女中の糸女（いとじょ）さんです。後ろの馬の男は、名前は知りませんが田沼家の小者です」

「田沼家にはろくな奉公人が残っていないというのは真だな」

と弥助が応じた。

「馬子、私どもは大事な使いで寸又峡まで行かねばならぬ。あとどれほどじゃ」

「その足だと、二日か、いや、三日はかかろうな。なあ、相棒」

糸女の馬子が仲間に言うと、

「ああ、鵜山の七曲りを上がると、もはや人家も少ないよ。それに熊、猪、猿が多いだね」

「というわけだ。わっしらはここで引き返すだ」

と馬子たちが客二人を無理に引き下ろした。

「それは困る、金は出す」

小者が喚いた。

「どうしたものかね」

と霧子が言って、

「糸女様、お待ちしておりました」

と声をかけながら騒ぎの場に出ていった。

名を呼ばれた田沼家の奥向き女中が虚を衝かれたように霧子を見た。

「そちはだれか」

「柳生永為様から、江戸から人が来る、よって途中まで出迎えてくれ、と願われた者ですよ」

「なに、そなたは迎えの者か」

「はい、柳生様が言われるには、江戸者では寸又峡なんて山奥は無理だ。そなたが迎えに出て、井上用人様の書状を受け取ってこいと命ぜられました。私は、相良城下で柳生様方の世話をしていたよねです」

霧子が虚言を弄すると、

「助かった」

と小者が言い、そこへ弥助がやはりこの村里の男衆の形で出てきて、

「なに、この人たちが江戸の木挽町屋敷から来られた方だか。そんな形で寸又峡

を訪ねようなんて無理だ。馬子さんよ、用は済んだでよ、島田宿まで連れて帰っ
てくれべえよ」

と弥助が命じた。

「おお、島田宿に帰るなら話は別だで」

と馬子が言い、それでも糸女が、

「そのほうら、たしかに柳生永為様の迎えの者か」

「あい、近藤丈八様にもよ、鍋常参右衛門様にも頼まれただ」

と弥助に言われた糸女がようやく得心したか、背に負うた道中嚢から書状を出して、

「しかと柳生どのに渡されよ」

「ああ、心配ねえだ。馬子さん、江戸の方をきちんと宿場まで連れて帰るだよ」

「おお、宿場なら心配ねえだよ。途中でおっぽりだすこともねえよ」

二人を再び鞍に乗せた。

「気をつけて戻りなされ」

「おめえらもな」

[illegible]

女と小者の背がほっと安堵していた。

三

六つ半（午後七時）過ぎ、千頭寺に戻った弥助ら三人は、糸女から託された書状を丁寧に披いた。そこには田沼意次の用人井上寛司の手跡で、

「柳生永為殿
御一統殿
本七月二十四日未明、田沼意次様失意の内に身罷りなされ候。

因って田沼様の御命どおり、老中松平定信の暗殺急ぎ決行すべく上府を命じ候。

その後、そなたらの願い、直心影流尚武館坂崎道場坂崎磐音を討ち果たすこと勝手次第。ただし上府の後、木挽町の江戸藩邸に立ち寄ることを禁ず。

一に殿の御無念、二に嫡子意知様の御怒りを和らげるべく、老中松平定信の暗殺に専念挙行すべく重ねて命じ候。

この書状、田沼家奥女中糸女に託し候。

陸奥国下村藩江戸藩邸用人井上寛司」

とあった。

田沼意次亡きあと、田沼家を仕切ってきた数少ない家臣が井上寛司であった。出自は近江の土民の出といわれ、延享三年（一七四六）、田沼家に年給与四両と一人扶持で中小姓に召し抱えられ、

「武士身分」

になった。そして、意次の出世とともに天明五年（一七八五）には俸禄がおよそ百倍の六百石に加増されていた。その者からの書状であった。

「やはり老中松平様暗殺を命ずる書状にございましたな」

利次郎が呻いた。

「さあて、この書状の偽文を作らねばならぬが、霧子は女子ゆえ井上用人の手跡をなぞるは無理であろう」

霧子は、雑賀衆雑賀泰造のもとで育った女子だ。

神保小路の佐々木道場に連れて来られるまで、文字の読み書きはほとんどできなかった。それをおこんが根気よく読み書きを教え、今では難なく文字の読み書きができるが、やはり女文字だった。

の筆遣いはいささか奔放にして豪快にござってな、忌憚なく申せば、巻紙から文字がはみ出すほどの勢いの悪筆にござる。かように蚯蚓がのたくったような文字は書けませぬ」

利次郎が顔の前で手を横に振った。

「わっしがやってみるか」

庫裡から筆硯墨を借り受け、行灯の灯りの下、井上用人の筆跡に似せて何度か巻紙に認めてみた。だが、井上用人の手跡とは似ても似つかぬものだった。

「柳生永為は、井上用人の手跡を承知と考えたほうがよいでしょうな」

「田沼様の御番衆を長年務めてきた柳生らだ。とくと承知と見たほうがいい」

「それは困った。どうしたものか」

と三人が思案に暮れていると、千頭寺の大願和尚が村のお婆の通夜から寺に戻ってきて、弥助らに気付き、

「三人して手習いの稽古ですかな」

と訊いたものだ。

霧子が井上寛司の書状をそっと背の後ろに隠した。いくらか斎の酒が入っている和尚は気付かなかった。

「どれどれ」

弥助が繰り返し記した文面と筆遣いを見て、

「なんとも不思議な写筆じゃな」

と三人の顔を見た。困惑した弥助らに、

「どうじゃな、愚僧に事情を話されぬか。弥助さんが寸又峡に隠れ潜み、剣術修行に明け暮れる正体不明の剣術家を見張っておるのは、村の何人からも聞かされておるでな、曰くがあるとは思うておった」

と大願和尚が言い出した。

弥助は咄嗟（とっさ）に決断できなかった。

「弥助さんや、先の老中田沼意次様の名を何度もなぞって書かれておるが、そなた、遠江相良藩田沼家と関わりがおありか。相良藩田沼家は潰れ、城は取り壊しになりましたぞ」

「承知しております」

「そなたが田沼様所縁（ゆかり）の者とは思えぬがのう」

と首を捻る大願和尚に弥助はすべてを打ち明ける決意をして、利次郎と霧子の顔を見返した。

田沼一派の手によって暗殺された西の丸徳川家基様の剣術指南役、剣術家坂崎磐音の門弟と配下の者にございます」

「うむ、坂崎磐音か。当代屈指の直心影流の遣い手じゃな。田沼意次様とは敵対しておると風の噂に聞いたことがある」

「ならば話が早うございます」

いよいよ肚を括った弥助は、田沼意次が身罷った事実から、生前に放たれた田沼の刺客が寸又峡に隠れ棲む柳生七人衆であり、ただ今の老中松平定信を暗殺するために修行していることを告げた。

「なんとな」

霧子が、最前隠した井上用人からの暗殺指令の書状を大願和尚に見せた。

大願和尚が文面を熟読し、弥助の話と合わせて考えていたが、

「弥助さん、そなた、どのような文面に変えようと考えたのじゃ」

「老中松平定信様はただ今、新たなる改革に着手なされたばかりです。ここで柳生七人衆に暗殺されては、田沼政治が終わったばかりのところに再び混乱を引き起こすことは必定にございましょう。わが師坂崎磐音は、できることならば寸又峡の七人衆を先に尚武館に誘き寄せ、尋常の勝負にて、田沼意次様が放たれた刺

客を闇に葬りたい所存にございます」

と明確に言い切った。

「その言葉に相違はないな」

「ございませぬ」

しばし弥助の言葉の真偽を確かめるように沈黙した大願和尚が、

「拙僧が偽書をこしらえようか」

「和尚様、この井上用人の手に似せて書くことができますか」

「重富さんというたか、いと容易いことよ。山寺の和尚はよろず屋と同じでな、書状の代筆からお上への公事書きまで、なんでもこなしますでな。だが、弥助さんが手にした筆はいかぬ」

と立ち上がった。そして、

「その書状、わしに貸しなされ、お内儀」

と霧子に命じた。

「そうじゃ、そなたらもわが居室においでなされ。松平様に向けられる刃を、まずは坂崎磐音どのに向けるよう書けばよいのじゃな」

と、和尚は三人を居室に招いた。

利次郎が改めて墨を磨(す)り、霧子が井上用人の書状を広げて、大願和尚が読み易いようにした。それをしばらく眺めていた大願和尚が、筆を選んで筆先を墨に浸し、巻紙を左手に持った。次の瞬間、筆がさらさらと動き、偽書を認め始めた。

あれほど弥助が難儀した偽書はあっさりと完成した。

「これでどうじゃな」

と三人の前に広げられた書状には、

「柳生永為殿

御一統殿

本七月二十四日未明、田沼意次様失意の内に身罷りなされ候」

と井上用人と見紛う筆跡がなり、ここまでは文面も一緒だった。さらに、

「死の直前、殿は枕辺に某(それがし)を呼ばれ、柳生七人衆らに件(くだん)の命を挙行すべしと仰せられ候。

ただし、まずはそなたが予に願うた尚武館坂崎磐音一派を討ち果たすことを優先すべし。何よりもまず難敵を斃すことが、予の願いを遂行する有効な手立てと考え直し候、と殿は厳命なされ候。

尚（なお）、江戸に入府の後、木挽町の江戸藩邸に立ち寄ることを禁ず。偏に尚武館坂崎一派を斃した後、老中松平定信暗殺に専念せよと、今はの際に某に遺言なされ候。

この書状、そなたらの手元に届くことを強く祈念致し候。

陸奥国下村藩江戸藩邸用人井上寛司」

とあった。

「どうじゃな」

「和尚様、見事な偽書にございます」

利次郎が感嘆した。

「いや、だれが見てもこの二通の書状は同じ人間の手になるものと思われます」

「あとはどう奴らのもとへ届けるかだな」

と弥助も言い、

と呟いた。

「師匠、私が七人衆に自ら届けます」

「危なくはないか」

[illegible]、霧子は寸良の扮装（ふんそう）で届けると言った。

村の女に扮したつもりであろうが、江戸の匂いが残っておる。ここは、村の年寄りの出番じゃな。糸女から鵜山の七曲りで預かった話を、土地の言葉で伝えればよかろう」

大願和尚が三人に知恵を授けた。

その翌日のことだ。

朝稽古を終えた小梅村では、朝餉と昼餉を兼ねた食事が終わり、磐音は、利次郎と霧子がうまく弥助と出会えたか案じていた。

そのとき、おこんが姿を見せて、

「おまえ様、内藤新宿から次助さんと申されるお方がおいでにございます」

と告げた。

磐音は、ほう、珍しい人物がと思いながら、居間に招じるようおこんに命じた。

それから四半刻（三十分）後、おこんが早苗に田丸輝信を呼びに行かせた。

「磐音先生がそれがしを名指しでお呼びか」

道場の縁側で神原辰之助らと竹刀や木刀の手入れをしていた輝信が、

「先生のお顔の表情は険しいか、早苗さん」

と尋ね返した。

「なにか磬音先生に叱られるようなことをなされましたか」

と早苗が反問し、

「いや、覚えはない。じゃが、先生の名指しとなると他に思い当たるところもないでな」

「まるでうちの父のようでございますね」

「なに、武左衛門様も先生を気にかけておられるか」

「いえ、父には叱られる所業が数多ございますから、他人様に呼ばれると、まず叱られるものと警戒の言葉を発せられます」

「うーむ、それがし、武左衛門様と似ておるか。複雑じゃな」

「あら、父に似ておられるのが迷惑ならば、正直にそう申されませ」

「言えるものか。いや、そうではない、そなたが武左衛門様の娘であることが厄介なのだ」

「親ばかりは替えるわけにはいきません」

「それは分かっておるのだが」

[illegible](ろうばい)[illegible]が、

「だ、だれが早苗さんを娶るのだ」

「それは当然、田丸輝信なる人物にございませぬか」

「そんな話は早苗さんが迷惑しよう。よせ、右近どの」

「そうですか。せっかく切っ掛けを作ったのにな」

と右近が言い、

「迷惑ですか、早苗さん」

と話の先を早苗に向け直した。

「話が聞こえませんでした。それより輝信さん、お客様がお待ちですよ」

早苗が輝信に催促した。

「おお、先生のお呼びであったな。なに、客が来ておるのか」

小首を傾げながら輝信が立ち上がった。

「客とはだれだ、早苗さん」

「存じません」

「女か男か」

「女衆に心当たりがございますので」

「そうではない」

楓林と竹林を抜けたところで、母屋への見通しがよくなった。

磐音とおこんがひとりの町人と話していた。それを見た輝信が、

「うむ」

と思いがけない出来事に遭遇したかのような声を洩らした。

「なにか」

早苗も訪問者がだれなのか知らない様子で輝信に尋ね返した。

「客は、それがしの兄だ」

「えっ、兄上様でございますか」

「いつか話さなかったか。内藤新宿におる次兄のことを」

「次助様と申されましたね」

早苗の声が緊張した。

「輝信さんに早苗さん、こちらにいらっしゃい」

庭の二人に気付いたおこんが手招きした。

「兄者（あにじゃ）、なんの用だ」

[illegible]く輝信が次助に視線を向けて質した。

を見に来て悪いか」

と世慣れた口調で次助が輝信に尋ね返した。武家育ちの名残りはどこにも見られなかった。

「何用だ」

と輝信は拘った。

「輝信さん、早苗さん、まずはお上がりなさい」

おこんに言われた輝信がしぶしぶ縁側から上がり、早苗も従った。

「話には聞かされておりましたが、さばけた兄上様ではございませぬか」

「おこん様、なんの望みもない御家人の部屋住み暮らしに早々に見切りをつけた兄です。その点だけはなんともしっかりとした判断でした」

と答えた輝信が、

「あっ、母上の差し金だな」

と次助を問い詰めようとした。それには答えず次助が、

「こちらが早苗さんか。さすがに尚武館で奉公しているだけのことはある。しっかりとした顔立ちをしておられる」

「兄者、早苗さんがどのような顔をしていようと、兄者に関わりはあるまい」

「輝信、それがあるのだ」

「あるだと、どういうことだ」

「人の出会いは最初に感じた想いが大事だ。その想いを、おまえは一生の縁に育んできていると兄は思っていたんだがな。間違いだったか」

次助の言葉に返答に窮した輝信が、黙り込んだ。

しばしの沈黙のあと、輝信が早苗を見返し、早苗は黙って頷き返した。視線を次助に戻した輝信は、それでも迷うような表情を見せた。

磐音もおこんも、黙って兄弟の会話と早苗の反応を見聞きしていた。

「輝信、大久保屋のお孝さんと近々祝言を挙げることになった」

次助が不意に話柄を変えた。

虚を衝かれた輝信は、言葉が出ずに反応できなかった。

「おまえも承知のようにお孝さんは一度嫁に行った女子だ。ゆえに内々の祝言だ。おれはな、母上とおまえにだけは祝言に出てもらいたいんだ」

輝信が次助の言葉に、

「そ、それは」

「なにが驚いただ。おれは実家の部屋住みになるのが嫌で家を捨てた。十年我慢すりゃあ半人前くらいにはなるだろうって頑張った結果だ。おまえには見てほしかったんだがな、おまえの出席は諦めよう」

「お待ちください、次助様」

　早苗が思わず兄弟の話に口を挟み、

「差し出がましいのは分かっております。お許しください」

兄弟を等分に見ながら早苗が必死の形相で、

「兄上様が一生の大事の場に弟に出てほしいと言うておられるのですよ。それを輝信さんは無下にお断りになるつもりですか」

　と輝信を詰問した。

「そ、そうではないぞ、早苗さん。ただ突然でびっくりしたのだ」

　次助がにっこりと笑い、

「内藤新宿のお孝さんの家は、食売女も置く旅籠だ。早苗さん、そんな家に婿入りするおれの祝言ですが、あなたも出てくれませんか。それともだめですか」

　と願った。

早苗がこんどは言葉を失ったように、輝信を、次いでおこんを見た。

「早苗さん、どうですか」

「おこん様、そのような目出度い場に私が出てよろしいのでしょうか」

「早苗さん、自分の胸に正直に尋ねてごらんなさい。輝信さんと一緒に出たいのか出たくないのか」

おこんの言葉を聞いた早苗がしばし沈思し、輝信に頷いた。

「兄者、最初からわれら二人を祝言に呼ぶつもりで小梅村に来たのか」

「当たり前だ。だがな、その前に坂崎磐音様とおこん様にお許しを得る要があるだろ。ゆえに母屋をお訪ねしたんだ」

「ふうっ」

輝信が大きな息を吐き、

「早苗さん、兄の祝言にそれがしとともに出てくれますか」

と願った。すると早苗が大きく首肯した。

「それでな、輝信。いささか急だが、祝言は五日後だ」

「ふあー」

とおこんが笑い、

「輝信さん、そなた様の兄御のこの十年を垣間見る(かいまみ)ようなお話ではありませんか。内藤新宿の大久保屋さんといえば、宿場で一、二の旅籠です。その婿に選ばれるほど、手を抜かずに奉公なさったのですよ。だから、お孝さんにも大久保屋の旦那様にも認められたのです」

との言葉に大きく頷いた輝信が、

「おこん様、兄の域にそれがしは達しておりませんね」

と嘆息した。

四

大願和尚が田沼家用人井上寛司の認めた書状を書き直したものを、千頭村の老爺二人が山菜採りに入る形(なり)で、寸又峡の柳生新陰流裏大和派七人衆の山家に届けたとき、そこに居たのは門橋一蔵だけだった。

柳生永為ら六人は、接岨峡へと修行に入っていたのだ。

門橋は、山菜採りの老人に、

「この書状、だれから預かったか」

と質した。

「江戸の武家奉公の糸女さんというたか、鵜山の七曲りでわっしらが行き合ったときはよ、足を痛めてるのに馬子に放り出されたばかりで、難儀しておられただ。馬子がわしらに、この刻限から寸又峡など行きたくねえと事情を話したもんで、わっしらが届けてやろうと言うただ。そんで女衆に一朱の銭をもろうて、届ける約定をしただよ」

「糸女はどうした」

「島田宿の医者のところに、馬の鞍に縋(すが)りついてよ、送られていっただ。江戸の女衆が寸又峡に入るなんてどだい無茶なことだでな」

そう言い残した山菜採りの爺様二人は寸又峡の山奥に入っていった。

その日の夕暮れ、弥助と霧子は、谷越しに柳生七人衆の山家を望む対岸から、柳生永為ら六人が山家に戻ってきた様子を窺っていた。

届けられた書状が頭目の柳生永為に渡され、山家の縁側に腰を下ろした柳生永

書状を手に長いこと沈思していた柳生永為が、何事か配下の六人に告げた。

六人は、しばし沈黙していたが、そのうちの一人が怒号した。

「われら、江戸に出て、尚武館坂崎道場の坂崎磐音を斃すなり！」

そう喚く声が弥助と霧子の耳にも届いた。

翌日、柳生永為らは寸又峡の山家で最後の日を静かに過ごした。そして、翌朝、旅仕度の柳生七人衆は、未だ暗い七つの刻限に山家を出て、大井川沿いに下り、島田宿向谷(むくや)に向かうことにした。

弥助らもその行動は予測していた。ために柳生七人衆一行を四半刻ほど先行させ、そのあとを追っていくことにした。姿が見えるほどに接近すると、山修行をやり遂げた武芸者の鋭敏な勘に察せられる。なにより今晩は島田宿泊まりと弥助らは推測していた。

そんなわけで霧子が時折り一行の姿を望むところまで接近して確かめる尾行となった。

柳生七人衆が島田宿に弥助らの推量どおり着いたのは、八つ半（午後三時）の刻限だった。

大井川左岸の島田宿は、本陣三軒旅籠四十八軒、宿場内の住人六千七百余人に旅人が加わり、夕暮れ前の宿場は賑（にぎ）わいを見せた。

柳生一行は二丁目の旅籠杉村屋（すぎむらや）に投宿し、通りを挟んで向かい側の旅籠和田屋（わだや）に弥助、利次郎、霧子の三人は泊まった。

刻限が早かったので、弥助らは二階から杉村屋の出入りを見通せる一部屋を貰えた。

寸又峡で修行を積んできた柳生一行の髪は伸び放題で、髷（まげ）もむさ苦しかった。そこで一行は二人連れで宿場内の床屋に行く者や、江戸までの旅仕度をする者に分かれて、宿を出た。

だが、柳生永為だけは宿に残った。

出淵欽兵衛と氏家直人の二人が大井床に入ったのを見届け、間を置いて利次郎が入った。

「お武家様、しばらくお待ちになりますが」

と女衆が言った。

[illegible]御用衣、道中袴（ばかま）に羽織姿の武家そのものだ。

にある。待たせてもらおう」

利次郎は、床屋の中を見渡した。

出淵と氏家はすでに床に座り、それぞれ相手をする親方と職人が臭いに眉を顰めていた。

小上がりに利次郎は上がり込んだ。

「お侍さん、山籠もりでもしていたか」

親方が遠慮もなく尋ねた。東海道筋の商人は参勤交代の武士に慣れていた。だから対等に口を利いた。

「いかにも山籠もりであった。十月余り、寸又峡から接岨峡を修行の場にしての武芸修行だ。いささか臭うのはそのせいだ」

「このご時世、殊勝な心がけですな」

旅人相手に慣れている親方が出淵欽兵衛の髷を解きながら言うと、

「致し方なき仕儀よ。一年余り前、主家の家禄が減らされたゆえ、追い出されたのだ」

と自らの来し方を述べた。

「それは難儀なことだ。まあ、お取り潰しにならなかっただけでもよしとしなけりゃなりませんな」

親方の言葉にしばし口を噤んでいた出淵がぽつんと言った。

「五万七千石が一万石に減じられ、陸奥国下村なる地に転封を余儀なくされた朋輩も哀れじゃ」

山籠もりに不満が溜まっていたか、出淵はよく喋った。

利次郎は出淵の語調に、柳生七人衆の中でも刺客の務めへの心構えが違うのではないかと感じた。

「なに、お侍さんは田沼様のご家来だったか」

「うむ、よう分かったな」

親方の問いに出淵が応じた。

人間だれしも床屋で髪を弄られたり、按摩に揉まれたりしているときは、つい気が緩んでしまう。

「そりゃ、遠州相良は川向こうだ。四年前、田沼意知様が殿中で斬られて以来、田沼家は不運続きだ。相良領内では評判の殿様だがね。そういえば田沼意次様が亡くなられたってね」

江戸の出来事にあっという間に島田宿に届きますよ。どうするんですね、これから」

親方は手を休めずに話しかけた。

利次郎は小上がりで居眠りを装い、話を聞いていた。

「江戸に出る」

「仕官の口でもあるんですかい」

「このご時世、仕官の口などあるものか」

「なら、どう食い扶持を得るってんです」

「道場を開く心積もりだ」

「このご時世と言うたばかりですぞ。だれが剣術(やっとう)など習うもんですか」

「われらが受け継ぐのはなかなかの道場でな。門弟はすでに集まっておる」

と出淵が応えたとき、氏家直人が、

「欽兵衛、喋りすぎじゃぞ」

と朋輩に注意した。

利次郎は、

(なんと、小梅村の尚武館坂崎道場を乗っ取るつもりか)

と驚いた。だが、旅の疲れに眠り込む御用旅の武士を装い続けた。

「氏家どの、ここは江戸から離れた島田宿じゃぞ」

「柳生様に知られてみよ、ただでは済まぬ」

二十九歳の氏家が二十五歳の出淵欽兵衛に注意した。

利次郎は、知りたいことは聞いたものの、その場を動けずにいた。しばらくの間、居眠りしているふりを続けるしかなかった。

その頃、弥助は、鍋常参右衛門、猿賀兵九郎、門橋一蔵の行動を注視していた。

島田宿の古着屋に入った三人は、寸又峡の修行で汚れ、破れた衣服七人分の着替えを購い、ひと足先に古着屋の奥で着替えていた。

「古着屋、われら七人分の衣服を購うた。この着ていた衣服を下取りいたせ」

鍋常が古着屋に掛け合った。

「お侍さん、おめえさん方がどこに住んでいたか知らないが、こりゃお菰のぼろ着より酷い。うちでも引き取れませんな、お持ち帰りください」

ううーん、と唸った鍋常が、

「ぬかせ」

と捨て台詞を吐いた三人が出ていった。

霧子は、近藤丈八が独り、問屋場の裏手にある酒も出す飯屋に迷いもなく入っていくのを見ていた。江戸から相良城下に移るときに立ち寄ったことのある飯屋なのか、そんな慣れた様子があった。

「女、酒を枡でくれぬか」

「あ、お侍さん、以前に一升枡で飲まれましたね」

煙草の吸いすぎか、声が嗄れた年増女が思い出したように言った。

「酒はちびちび飲んでもうまくない」

「あーい、枡酒一升、つまみは塩」

と年増女が勝手に注文を通した。

霧子は、運ばれてきた一升枡の酒を近藤丈八が息もつかず飲み干すさまを、驚きとともに馬小屋の軒下から見ていた。

伝馬がしばしの休息をなす厩だった。馬の臭いが押し寄せてきた。だが、その馬の臭いが霧子の匂いを消し去った。

一息に飲み干した近藤丈八は、もう一杯頼むかどうか迷ったような顔をしたが、

「女、もう一杯願おう」

と空になった枡を女に返した。

寸又峡の修行で柳生永為は、酒を飲むことを禁じていた。

酒好きの配下の者は、千頭のよろず屋に食い物を購いに来たときに酒を立ち飲みして、帰りに谷川の水を飲んで臭いを消していた。

弥助がたびたび目撃した光景だという。

むろん柳生永為はそんな配下の面々の行為は承知していたはずだが、修行に差し支えがなければ黙認していた。

近藤は女が勝手に下がった瞬間、するりと飯屋の外に抜け、霧子が潜む厩に入り込んで隠れた。

近藤は霧子の気配に気付くことなく、飯屋の女の動きを見ていた。

女は新たに注文された枡酒を手にして、

「お侍さん」

と罵り声を上げ、厩を覗き込んだ。

「飲み逃げ食い逃げが考えることは、どいつもこいつも一緒なんだよ」

飯屋の女は一升枡を抱えたまま厩へと入ってきた。

「やっぱりいやがった」

女が入ってきた途端、近藤は大胆にも女の前に出て、

「おお、運んでくれたか」

「お、お侍、冗談はなしだよ。一升酒をただ飲みされてたまるもんか」

女が乱暴な口調で言うと、

「二升分の酒代を貰うよ。出しな」

と枡酒を突き出しながら言った。

「まずは酒だ」

近藤が一升枡に手を伸ばした。

霧子が動こうとしたとき、近藤の手が脇差に掛かり、抜く手も見せずに女の鳩尾辺りを突き通した。

（なんということを）

一瞬の間であった。助ける間もなかった。

近藤は右手で刺し貫いた脇差を保持したまま、女の手から落ちそうになった枡酒を奪い取り、ごくりごくりと飲み始めた。

苦悶の表情を浮かべる女の体から力が抜けるのと同時に、近藤は二升目を飲み終えた。

霧子はとっさに厩の暗がりから立ち上がり、近藤の背後に忍び寄ると、懐に忍ばせていた短刀を音もなく突き入れた。近藤が、

うっ

と背後の気配に気付いて振り向こうとしたところを、背から心臓を貫き通す勢いで押し込んだ。

「うううっ」

近藤丈八が押し殺した声を洩らしながら、後ろを振り向こうとしたが、霧子は短刀を持った片手にもう一方の手を添えてその体勢を変えなかった。

飯屋の女が膝から崩れ、近藤の手から空の枡がこぼれ落ちた。さらに霧子が短刀を引き抜くと、女の体に脇差を刺し貫いたままの近藤が横手に崩れ落ちた。

[illegible]小袖で拭うと、袖に隠して厩から忍び出た。

旅籠和田屋の二階から通りを挟んだ杉村屋の様子を眺めながら、利次郎は、

（霧子の帰りが遅い）

と気にかけていた。

夕餉の膳が三つ冷たくなって置かれていた。

弥助もすでに戻っていたが、なにも言わなかった。

利次郎も黙っていた。

不意に杉村屋から、床屋でさっぱりとした出淵欽兵衛と氏家直人が飛び出してきて、さらに猿賀兵九郎と門橋一蔵も姿を見せた。どうやら近藤丈八が戻らぬことで、柳生永為に探しに行かされるのだろう。

「弥助様、おかしゅうござる」

利次郎の声に、弥助が薄く開けた障子の隙間(すきま)から、日が落ちた島田宿を見た。

「霧子の帰りが遅いことと関わりなければよいが」

利次郎の心配する声に、弥助は黙って杉村屋の表を見ていたが、最初に飛び出していった二人のうち氏家だけが慌てて戻ってきた。

「どうやらなにか異変が起こったようだ」

弥助が言い、利次郎が立ち上がりかけたとき、ふわりと廊下の障子が開かれて霧子が戻ってきた。

「どうした」

と利次郎が問うのへ、

「ちょっと厄介が生じました」

と霧子が押し殺した声音で応えた。

弥助が膳部の茶碗をとり、冷めた茶を黙って霧子に差し出した。

霧子は黙礼すると師匠から茶碗を受け取り、飲んだ。茶碗を膳に戻すと、利次郎は霧子が半分ほど喫したのを知った。

「近藤丈八を殺めることになりました」

「なんじゃと」

利次郎が驚き、弥助が、

「生じた出来事を話してみよ」

と落ち着いた言葉で霧子を促した。

首肯した霧子が、問屋場裏手の飯屋と厩で起こった出来事を順序立てて話した。

「利次郎様、怪我はしておりませぬ。霧子に怪我がないか改めて確かめた。懐の短刀は川の水で血糊を洗い流しました」

「霧子、近藤丈八と女衆の骸はすでに見つかったのじゃな」

「はい。私が忍び出たあと、暗がりから厩を見ておりますと、馬子が馬を繋ぎに来て、二人の骸を見付け、大騒ぎになりました。すでに島田宿の宿場役人らが取り調べを始めております」

「どのように役人は見立てておるな」

「ただ酒をなした近藤某をおえつさんという女衆が追いかけて厩で捕まえたところ、反撃に遭って殺された。その様子を見ていた何者かが義憤に駆られて刺殺したとの見方です」

「そなたの姿はだれにも見られておらぬな」

「師匠、それはございませぬ。ただ」

「ただ、なんだ」

「柳生七人衆の仲間の出淵欽兵衛と氏家直人が近藤を探しに来て、この騒ぎに気付きました。もしかしたら、柳生永為ら六人は宿を発つかもしれません」

霧子の言葉に利次郎が向かいの杉村屋を障子の隙間から見た。

「二階部屋には未だ人影があります、弥助様。あれ、氏家が表に姿を見せましたぞ。旅姿ではありません」

「おそらく取り調べの様子を確かめに行くのであろう」

「厩付近に出淵は残っておりました」

「取り調べ次第で柳生らは宿を発つな。わっしらも夜旅を覚悟しておこう」

と弥助が言い、霧子が、

「冷めた味噌汁を温め直してもらいます」

と膳の汁椀を三つ、盆に載せて厨に下りていった。

「ふうっ」

思わず利次郎が大きな息を吐いた。

「利次郎さん、霧子が怖くなったかね」

「とんでもない。心強い嫁女と思うております」

「酒のために無辜の女子を殺すところを見た霧子が、義憤に駆られたこともあろう。だがな、利次郎さん、近藤丈八は、頭目の柳生永為を除けば、六人の中で一
が、二十ばかりのただ酒を飲んだがために気が緩み、霧

[illegible]た。柳生宗為にとって計算外のことであったでしょうな」

「そうか、霧子はそこまで考えて近藤を始末しましたか」

「雑賀衆に育てられた霧子だ。どんなときにも怒りだけで動くことはござるまい」

「霧子が七人衆の一角を崩したとなると、江戸までの間、一人二人始末できるかな」

利次郎が呟いた。

「利次郎さんや、われらの務めは、あやつらが小梅村の尚武館を目指すかどうかを確かめること。柳生の配下を一人二人始末して、こちらの真意に気付かれたら元の木阿弥（もくあみ）じゃからな」

「いかにもさようでした」

と答えた利次郎がちらりと表を見て、

「あ、二人が戻ってきました。あの様子だと今宵は旅籠に泊まるな。すぐに逃げ出し、却って怪しまれるのを避けたいのではありませんか」

と弥助に言った。

「夜分逃げ出すことも考えられる」

「それがしが不寝番を務めます」

と利次郎が言い、

「それにしても、霧子はそれがしより肚が据わっておりますな」

「利次郎さん、今頃気付いたところで、遅かりし由良之助じゃよ」

「いえ、それがし、霧子のそのようなところに惚れたのです」

と答えたところに霧子が温め直した味噌汁を運んで戻ってきて、

「どなたに利次郎様は惚れたのでございますか」

と霧子が質した。

「だれに惚れたなどと申した覚えはない。あやつらが妙に静かなのが気にかかる、と言うたのだ」

と利次郎が下手な言い訳をして、

「霧子、それがしの膳はここに運んでくれぬか。それがし、あやつらの動きを見張りながら食べるでな」

と願った。

第四章　弥助、戻る

一

内藤新宿の四谷大木戸は、徳川御三卿の田安家十万石下屋敷の前にあった。

見附が城門を意味するのに対し、大木戸は江戸城下町の入口のことだ。

有名なところでは東海道筋の高輪大木戸、それに甲州街道、青梅往還の出入口四谷大木戸の二つだった。

四谷大木戸の左右は谷地になっていたため、人馬の検問が容易だった。大木戸の東側には、通りに沿って四谷塩町など町屋が連なり、その裏手には武家屋敷が広がって、正月の縁起ものなどを内職とする下級旗本や御家人の屋敷が連なっていた。

黒紋付の羽織袴を着用し、髷も清々しく結った田丸輝信が、

うろうろ

と大木戸前を歩いていた。

「輝信さん、少し落ち着かれたらいかがですか」

こちらも華やいだ模様の京友禅を着込み、大木戸外の茶店の縁台に座った早苗が輝信に声をかけた。その唇には妹の秋世が薄く塗ってくれた白鶴紅が映え、言葉とは裏腹にいつもの早苗より上気して、声音が上ずっていた。

「母上、遅いではないか。忘れておられるのではないか」

輝信が早苗にもう何度目かの言葉を口にした。

「倅様の祝言をお忘れになるはずもございません。またそのように同じ言葉を繰り返されても菊野様が早く参られるわけもございません」

輝信の黒紋付は磐音のものであり、早苗の晴れ着はおこんの今津屋時代のそれだった。

田丸次助から聞かされた祝言は五日後と切迫しており、二人の衣裳を仕立てるには日にちがなかった。輝信も早苗も、

そうです、普段着で十分でしょう」

と口々に言った。

「いくらなんでも目出度い日に、だれが着たのかわかりもしない借り着ではね」

おこんが首を傾げ、磐音に、

「おまえ様、おまえ様の衣裳を輝信さんに、私の持ち物から早苗さんに合うものを探してみてはどうでしょう」

と言い出した。その場に居合わせた金兵衛や、辰之助ら住み込み門弟衆も母屋に集まり、神妙な様子で二人の衣裳選びを見守った。

「早苗さんは別にして、輝信さんの羽織袴姿が今一つぴんとこぬな」

と右近が茶化した。

「そげんことなか、右近さん。馬子にも衣裳じゃなかがくさ、なかなか似合うとるたい」

小田平助が目を細めるところに、武左衛門と勢津が娘の晴れ着選びを見にやってきた。

「おお、さすがはわが娘、まるで小野小町か楊貴妃のようじゃな」

武左衛門が胸を張った。

「おい、武左衛門さんや、早苗さんが見目麗しいのも気立てがよいのも、ろくでなしのおまえさんではなく、勢津さんに似たからじゃぞ。勘違いしないでくれよ」

金兵衛が文句をつけた。すると不意に武左衛門が険しい顔で黙り込んだ。

「どうした、武左衛門の旦那」

「金兵衛さんよ、嫁に出す父親の気持ちはこんなものかのう。急に寂しさが募ってきた」

「呆れました」

と振袖を着た早苗が洩らし、

「父上、勘違いなさらないでくださいまし。私は輝信さんの兄上様の祝言に呼ばれただけです」

「それはそうだが、いつの日かかような時がくるであろうが」

「先々のことを案じても、どうにもなりませぬ」

早苗に言われても、武左衛門の落ち込みはすぐには直りそうになかった。

そんなひと騒ぎがあって衣裳が決まった。

[illegible]向こうの最上紅前田屋に移動した輝信と早苗の二人は、朝

店に行き、前田屋でおこんと秋世の手伝いで晴れの衣裳を着込んだ。小梅村で髪結い床を見付けるより、浅草寺門前町のほうがなにかと便利だ。そんなわけで、奈緒一家が留守の店を暫時借り受けた。

吾妻橋から二人は、右近が漕ぐ猪牙舟に乗せられ、大川を下って神田川に入り、さらに御堀を四谷御門まで送ってもらった。

「元幕閣奏者番の倅どのを船頭代わりに使ってすまぬな」

「旗本だろうと御家人だろうと、次男以下は部屋住みの厄介者です。父親がどのような身分でも、われらには関わりがございません」

と右近に言われ、

「まあな」

と輝信が得心したように応じた。

「輝信さん、早苗さん、帰りも迎えに来ますからね」

との右近の言葉に早苗が、

「私どもは歩いて帰れます」

と遠慮したが、

「迎えに来るには、来るだけの理由があるのです」

と右近が謎めいた答えをした。

謎の理由がなにか分からないまま、二人は麴町の通りを大木戸まで歩いてきたところだ。ここ大木戸で輝信の母親菊野と四つ半（午前十一時）に待ち合わせることになっていた。

「よし、早苗さん、ここで待っていてくれ。それがしが屋敷まで母を迎えに行ってくる」

輝信が言ったところに、留袖を着込んだ菊野が悠然と姿を見せた。

「母上、いつまで待たせるのです」

輝信が文句を言った。だが、菊野の眼差しは縁台から立ち上がって会釈した早苗に向けられ、早苗も腰を折って菊野を迎えた。

「早苗さんですね」

「はい。竹村早苗にございます。本日は私まで次助様と大久保屋のお孝様の祝言にお招きいただきまして恐縮しております」

「早苗さん、私どもが仕切った祝言ではございませんよ。わが亭主も長兄もこの祝言には関心がない様子でしてね。私どもは次助に恥をかかせないための数揃え

そして、ようやく輝信に視線を向け、

「三男坊のかような姿を見たのは初めてです」

と頭から雪駄の先まで見下ろした。

「二人してなかなかお似合いです」

「磐音先生の紋付羽織袴をお借りしたのです、母上。ついでに早苗さんの振袖はおこん様からの借り物です」

「ふっふっふ。さようなことは、口にせねばだれも知りはしません」

鷹揚に受けた菊野が、

「さて、大久保屋甲右衛門様方に参りましょうかな」

と三人揃って大木戸を潜った。


内藤新宿上町にある旅籠大久保屋の商いは、さすがに休みだった。

男衆も女衆も食売女たちも揃いの法被を着込んだ形で、招き客を迎えていた。

店の前は綺麗に掃き掃除がなされ、清々しくも水が打たれていた。

「おい、兄者は内々の祝言と言うたが、羽織袴の客がぞろぞろとおるではないか。うーむ、田丸家側からは三人だけか。これでは兄者も肩身が狭かろう」

輝信が気にかけた。

「輝信、祝言でもなんでも数ではございません。招かれた客の気持ちですよ」

菊野は堂々と振る舞っていたが、顔はやはりどことなく不安げだった。

三人連れに気が付いた大久保屋の古手の番頭が、

「もしや次助さんのお身内ではございませんか」

と声をかけてきた。

「はい。次助の母菊野にございます。またこれは三男の輝信、そして、連れは竹村早苗さんにございます。本日は目出度い席にお招きいただき、ありがとうございます」

と菊野が神妙に挨拶した。

本来なら、御家人二半場(にはんば)の次男と内藤新宿の旅籠の娘の祝言などあり得なかった。

だが、次助が早々に部屋住みに見切りをつけて内藤新宿で町人として奉公したため、大久保屋甲右衛門の娘お孝と縁ができた。

いや、お孝は一度嫁入りしたが、姑(しゅうとめ)との折り合いが悪く、実家に戻ってきた[illegible]お孝は同じ屋根の下で何年も暮らしてきたのだ、互いに気心も知

その辺を見込んで甲右衛門が、お孝と所帯を持ち、大久保屋を継がないかと次助に持ちかけたという。

次助もお孝も互いが嫌いではなかったのだ。

話はとんとん拍子に進むかに見えたが、最初の嫁ぎ先の中野村の名主の家が、お孝に戻ってこいなどとあれこれ注文を付けたりしたため、祝言が二年も遅れた。

「ただ今、新郎新婦は熊野十二社の神前にて夫婦の契りをなしております。ささっ、座敷にお上がりになってお待ちください」

と奥座敷の大広間に案内された。

「おい、早苗さん、この座布団の数からすると、相手方は三、四十人おるな。われらはたった三人」

「輝信、いつまで数に拘っているのです。次助が幸せになるようにしっかりとしていなされ」

と菊野が言ったが、やはり不安は隠せないようだった。

そのとき、木遣りの声がして、新郎新婦が熊野十二社から大久保屋に戻ってきた気配があり、表が急に賑やかになった。

田丸菊野らの席は金屏風を背にした新郎新婦の席に近く、ぞろぞろと羽織袴の旦那衆が座に就いたが、菊野の隣は二つ席が空いたままだった。

新郎の次助が仲人に案内されて入ってきた。ちらりと菊野らを見て、会釈をした。

「おめでとう、次助」

菊野が感極まった言葉をかけた。

「母上、有難うございます」

そのとき、廊下に人の気配がして、正客と思える夫婦が菊野の隣の席に着いた。

「磬音先生、おこん様」

輝信が頓狂（とんきょう）な声を発した。

「次助どの、おめでとうござる」

磬音が平然として次助に祝賀をなし、次助も平静な顔で受けた。

一方おこんは菊野に、

「坂崎こんにございます」

と挨拶した。

[illegible]次助の祝言に、わが師坂崎磬音先生とおこん様が出席くだされる

仕えいたしました一体全体どのような関わりにございますか」

輝信は未だ驚きから立ち直れなかった。

早苗も菊野も茫然自失して言葉もなかった。

「過日、小梅村を訪れた次助どのに祝言に招かれ、そのあと、大久保屋甲右衛門様から丁重なお招きを受けたのじゃ。次助どのの十数年の頑張りにわれら夫婦も感銘を受けたゆえ、お招きを受けることにしたのでござる」

と磐音が説明した。

だが、事情はいささか違った。

次助が小梅村を訪ねたとき、磐音とおこんに内情を話していた。

一度嫁いだ中野村の名主家とは離縁がなったが、亭主がお孝に未練があり、新宿に時折り姿を見せたりしていた。そこで大久保屋では、次助と再婚したことを賑々しく世間にお披露目することにしたというのだ。

だが、田丸家では父の輝左衛門も跡継ぎの兄の輝之助も、次助が大久保屋などという食売旅籠の出戻り娘と所帯を持つことを認めようとしないと聞いて、おこんがいつもの女侠客ぶりを発揮して、

「私どもが田丸家の席に連なってはいけませぬか」

と言い出した。

むろんおこんは、二年前に田丸輝信に迷いが生じ小梅村を出奔したとき、母親の菊野と兄の次助に諭されて小梅村に戻った経緯を承知で、この言葉になったのだ。

ともあれ、思わぬおこんの言葉に次助が大喜びし、内藤新宿に戻って甲右衛門に話すと、

「なんと、先の西の丸徳川家基様の剣術指南にして、江戸に名高い尚武館道場の道場主坂崎磐音様に出席していただけるとな。うちのような稼業の祝言に出られて、迷惑ではなかろうか」

と言いながらもこちらも狂喜した。そして、次助が小梅村に来た翌日、内藤新宿から使いが来て、正式な招待状が届けられたというわけだ。

花嫁のお孝が仲人に手を取られて披露の座敷に入ってきた。

ぴたり、と金屏風の前に座った次助とお孝は、どちらもしっかり者の顔付きで、再婚にも拘らずお孝の表情は初々しかった。

仲人は、新郎新婦が熊野十二社の拝殿の前で夫婦の契りを済ませたことを報告し、白髪の老人が高砂の小謡で祝賀して、めでたくも儀式

酒が入ると急に賑やかになった。

まず大久保屋甲右衛門が夫婦二人を連れて、磐音とおこんのもとへと挨拶に来た。

「坂崎様、おこん様、本日は次助と孝の祝言においでくださり、私ども、お礼の申し上げようもございません」

と挨拶すると、

「これを縁に、今後ともお付き合いのほどお願い奉ります」

と言い足した。

「大久保屋甲右衛門どの、わが門弟田丸輝信の剣術修行に迷いが生じた折り、兄でもある花婿次助どのが懇々と弟に言い聞かせて小梅村に戻してくだされたことがございました。二年前のことです。お礼を申し上げるべきは、迂闊にも門弟の迷いに気付かなかった師のそれがしにございます。危うく大事な門弟一人を失うところでした」

と磐音が述べた。おこんも、

「次助さん、花嫁様を大事にしてくださいね」

と願うと、次助が、

「命をかけてお孝を守り通します」

と言い切った。

そのとき、表のほうから怒鳴り声が上がり、なにやら押し問答する気配が伝わってきた。

すいっ
と立ち上がったのは田丸輝信だ。

「輝信」

と次助が声をかけた。

「兄者、雨降って地固まるというではないか。なんの騒ぎか知らぬが、弟のそれがしに任せよ」

と言うと磐音に一礼し、脇差だけを差した姿で大久保屋の玄関に出た。すると、四、五人のやくざ者が大声を上げていた。

「そなたら、何者か。わが兄者のめでたい祝言の場、小銭でもせびりに来たか。そなたらの汚い面で祝いの場が穢されるのは許せん」

[illegible]のお方がこう大久保屋のお孝の亭主だ。二人も亭主がいてた

敷居の向こうに細身の男が立っていた。

「そなたの父親は中野村の名主じゃそうな。父御の顔に泥を塗るつもりか」

輝信の叱声にお孝の元の亭主が目を逸（そ）らした。

土間に下りた輝信を、匕首（あいくち）を抜いたやくざ者が囲んだ。

輝信が相手の動きを険しい視線で牽制し、脇差を静かに抜くと峰に返し、

「目出度い祝言の場を血で穢したくないでな。それでも直心影流尚武館坂崎道場の峰打ちは手首が折れる。そのくらいは我慢せよ」

輝信が睨み回した。

「なにをぬかしやがる、どさんぴんが」

兄貴分が腰だめにした匕首と一緒に飛び込んできた。

だが、尚武館で毎日猛稽古をしている田丸輝信に、そんな捨て身の戦法が通じるはずもない。

間合いを見た輝信の脇差が匕首を持つ手を叩くと、さらに続けざまに肩口を打っていた。

一瞬の早業に、突っ込んできた兄貴分が土間に押しつぶされるように倒れ込み、

「やりやがったな」

と二番手と三番手が左右から輝信に襲いかかった。だが、脇差が、
ぱっぱっ
と二度閃(ひらめ)いたかと思うと、二人が顔面から土間に転がっていた。残る二人は茫然として立ち竦んでいた。

「どうするな」

輝信が脇差の刃を戻すと、
わあっ！

と残った仲間が叫んだ。

「倒れている仲間を連れていけ。再びかような真似(まね)をすれば、田丸輝信がそのほうらの素(そ)っ首(くび)叩き落としに参る」

輝信が突き出した脇差で兄貴分を指すと、

「畜生、手が痛いや」

と折れた手首を抱えて必死で立ち上がろうとした。

「言うたではないか。尚武館坂崎道場の稽古はこの程度ではない。去(い)ね」

た真似をするでない。分かったか」

押し殺した声で睨む輝信に、わなわなと体を震わせたお孝の元亭主が後ずさりして逃げ出した。

輝信は脇差を鞘に戻すと、

「座興じゃ」

と大久保屋の男衆に言い残して披露の場に戻っていった。

二

重富利次郎は、弥助と霧子とも分かれ、今や六人衆になった柳生永為一党に先行して、東海道興津(おきつ)から由比(ゆい)への道を歩いていた。

後ろは振り向かなかったが、一党が二、三丁あとにいることは武人の勘で感じ取っていた。

天気は上々、この宿場の間の距離は二里十二丁だが、難所の薩埵峠(さったとうげ)が控えていた。

この薩埵峠、古(いにしえ)には海辺に近い旧道、

「親知らず子知らず」

と呼ばれた道を旅人は通過せねばならなかった。

『東海道名所記』には、由比から興津に向かう道の様子が、

〈右の方は山にて高く、左は大海也。海ばたは一騎うちの道にて、うちよする浪大なり。道行く人さらにあとをかへりみるいとまなし〉

と記されてあるほど難儀な峠であった。

だが、明暦元年（一六五五）、朝鮮通信使来朝のとき中道を開拓した。また上道も天和(てんな)二年（一六八二）、朝鮮通信使が来朝の折りに開かれた。

ために薩埵峠を越えるには親知らず子知らずの下道、中道、上道の三本があった。利次郎がこの薩埵峠を箱根へ向かおうとする時代は、旅人はふつう上道を使った。

薩埵峠の由来は、

〈中古地蔵薩埵の像、此浜より漁夫の網にかかりて上がりしより薩埵山〉

というと『東海道名所図会』は説明する。

利次郎と弥助、霧子の組は二手に分かれて柳生六人衆を間に挟み込むように江

たとき、後ろから一人の旅人が急ぎ足で追い越していった。なんと、柳生六人衆の一人出淵欽兵衛だ。

島田宿の床屋で会っていたが、相手は利次郎のことを覚えていない様子であった。先行して今宵の宿の手配にあたれとでも柳生永為に命じられたのか、そんな急ぎ方だった。

利次郎は、追い抜かれた出淵欽兵衛を半丁ほどの間をおいて尾行するかたちになった。

薩埵峠の東側は、富士山と駿河の海を眺望できる東海道有数の景観で、〈三保(みほ)の松原手に取る如く、道中無双の景色也〉と道中記にも特記される地域だ。

峠から下りへかかると西倉沢(にしくらさわ)という立場(たてば)があって、茶店にて栄螺(さざえ)、鮑(あわび)を焼いて旅人に供する店が並んでいた。

先を行く出淵欽兵衛の足が不意に止まった。

由比の手前、町屋原(まちやはら)なる平地に豊積(とよつみの)神社の鳥居があったが、その前だ。

出淵欽兵衛は参道の奥に訝しいなにかを見つけたのか、歩みを止めて鳥居を潜り、境内に入っていった。

利次郎は急いで間を詰めた。すると拝殿の階（きざはし）に男女の旅人が座り、出淵欽兵衛が声をかけていた。

なんと大井川の鵜山の七曲りで霧子と弥助に田沼家の井上用人からの書状を渡した使いの糸女と若い小者の二人だった。

その前に立ち塞がった出淵が、

「糸女と申したな、未だかような場所にうろついておったか」

と詰問した。

「あら、出淵様でしたか、山籠もり、ご苦労さまにございました」

「そのようなことはどうでもよい。なぜかような場所におるのだ」

「足を痛めて旅が思うようにできないのですよ。今も唐助（からすけ）に足の治療を受けていたところです」

と答える糸女の手が小者の唐助の肩にかかっていた。

「私が預けた書状、そなた様方に届いたのですね」

「千頭村まで旅しておって、なぜ郷の爺に文を預けた」

「いえ、私が預けたのは、土地の女と男でした。鵜山の七曲りという難所で馬子[illegible]、親切にも使いを代わってくれたのですよ。さすが

「いささか話が合わぬな。ただ今、柳生様一行がこの前を通りかかる。話をちゃんと聞かせよ」

出淵欽兵衛が命じたとき、利次郎が刀の柄に手をかけて出淵欽兵衛の背後に迫っていた。

あっ！

と糸女が声を上げて、出淵が振り返ったとき、利次郎は刀を抜くと峰に返して手加減しながらも、ごつんと鈍い音がして鎖骨が折れるほどに肩口を打っていた。くたくたと旅姿の出淵欽兵衛が崩れ落ちた。

潜り抜けた修羅場の数が違っていた。

利次郎は糸女と唐助と呼ばれた小者に刀を突き付け、拝殿の後ろへと押し込んだ。そこなら東海道の旅人には見えない場所だ。

「な、なにをするんです」

と抗おうとする糸女に構わず、刀の柄で唐助の鳩尾を突いて気絶させ、驚く糸女にも拳を叩き込んで意識を失わせた。そうしておいて拝殿前に崩れ落ちていた出淵欽兵衛の体を引きずって、糸女らのかたわらに運んできた。

出淵の刀の下げ緒を解くと手足を縛った。

拝殿の陰から東海道を見ていると、柳生永為ら五人が足早に鳥居の向こうを通過していくのが分かった。

ふうっ
と利次郎は息を吐いた。

一瞬の差であった。

もし糸女と柳生永為らが直に話し合うことになったら、なぜ井上用人の書状が千頭の山菜採りの爺様二人によって、寸又峡の山家に届けられる羽目になったか、なぜ鶊山の七曲りで他人に書状を預ける経緯になったか、すべて問い質されるだろう。となると井上用人の書状が偽書であることが知れる恐れがあった。

利次郎は、西に傾いた日を確かめながら、鳥居の陰で弥助と霧子が通りかかるのを待った。

「弥助様、霧子、面倒が起こった」

弥助と霧子が鳥居の陰の利次郎の声に気付いた。

利次郎は事情を掻い摘んで話した。

いや蒲原泊まりであろう」

と霧子に命じた。

「こちらの始末は利次郎さんと二人で付ける。奴らが泊まった宿の前に菅笠をぶら下げておけ」

とさらに指示し、霧子が呑み込んで柳生一行のあとを追った。

利次郎と弥助は、ごろりと転がる出淵欽兵衛らのもとに戻った。

「はて、どうしたものか」

弥助が不意の急展開に、始末の方法を考えた。

「糸女とこの小者が未だかような場所におることは、柳生永為も知りますまい。厄介なのは先行した出淵欽兵衛が消えたことだ」

利次郎も考えを口にした。

「こうしてみようか」

と言いながら弥助が懐から小刀を出したのを見て、

「えっ、弥助様、殺すのですか」

と利次郎が質した。

「この出淵、島田宿の床屋で親方相手にべらべらと喋った男でしたな」

「はい。寸又峡の山籠もりで不満が溜まっていたのか、よう喋りました」

「ならば柳生永為と会えぬようにすればよいこと」

弥助は小刀を抜くと、出淵の髷をぷつんと切り落とし、ざんばら髪も小刀の刃でできるだけ短く刈り取った。まるで伸び放題の乞食坊主のような頭になった。

さらに糸女と唐助の頭も同じように髪を落とした。

しばらくするとまず唐助が、

うぅーん

と呻いて意識を取り戻した。そして、周りに散らばった頭髪に気付いて、

「な、なにをした」

と利次郎に質した。

「命を助けるために、わが仲間が知恵を絞り、そなたらの髪を刈ったのじゃ。しばらく頭が寒いやもしれぬな」

「な、何者だ」

勤番侍の形の利次郎と町人姿の弥助を見上げたとき、こんどは糸女が気付いた。

「な、なにがあったのです、唐助」

と言いながら頭を触るや、

「あ、嗚呼、髪が切られた。ど、どういうこと」

と喚く糸女に、

「静かにしなせえ。命を助けるためだ」

と弥助が優しい声で言った。

そのとき、出淵欽兵衛が意識を蘇らせた。こちらは鎖骨を折られて手を下げ緒で縛められていた。

「ああ、痛い。ゆ、許せぬ」

と喚いた出淵が、

「糸女、そのほうの頭はなんだ」

「出淵様の頭も乞食坊主のようですよ」

と糸女に教えられたが、手を縛られているので触ることもできなかった。

だが、周りに散らばっている髪が西に傾いた木洩れ日に照らし出されて、糸女の言葉が確かめられた。

「そのほうら、何者か」

「お互い得体が知れない同士としておきましょうかね」

痛みを堪えて弥助の顔を見た出淵が、

「どこぞで出会うた顔じゃな」

と言い、

「あっ、井上様の書状を届けると私らに約束した男ですよ」

と思い出した糸女の言葉に、

「なんと、ま、待てよ。そなたら、尚武館坂崎道場の関わりの者だな」

と出淵がようやく気付いたように言った。

「分かりましたかえ。おめえさん方の行動をこの十月ばかり、見張ってきた者ですよ。柳生永為様七人衆が田沼意次様の最後の刺客に指名され、江戸藩邸を出たあと、相良城下、寸又峡と従うておりましたのさ」

「柳生様が、いつもだれぞに見張られているようだと言うておられたが、おまえであったか」

「へえ」

と弥助が平然と答えた。しばし考えをめぐらせた出淵が質した。

今またこの地で五人衆に減じた」

と出淵の問いにはすぐには答えず、この状況を出淵に悟らせようとした弥助が、

「江戸の小梅村で坂崎磐音様が柳生永為ら五人を待ち受けておられます。尋常の勝負を決するようその場へ導くのが、わっしらの役目でさあ」

と説明した。

だが、出淵には弥助の言葉の真意が伝わらなかった。

「剣者同士の戦いを坂崎は望んでおるというか」

「へえ。だが、その場には出淵欽兵衛さん、おめえさんはいねえ。島田宿の床屋で喋りすぎた。ついでに近藤丈八も飯屋でただ酒を飲んで、咎めだてした女衆を始末したところを、うちの仲間が見ていてね、罪もない女衆の仇を討ったというわけだ」

「畜生」

ようやく己の置かれた立場を悟ったように吐き捨て、痛みに顔を顰めた。

「もはや悔いても後の祭りだ。おめえさん方二人は、大事な書状を他人に預け、わっしらに囚われの身となった上に坊主頭だ。出淵様もその体と頭で柳生永為様のもとへ戻る勇気がございますかえ。あるならば、わっしらが引っ立てていって

もようございますよ」

弥助の言葉に、

「め、滅相もない。かようなことを知られたら、それがしはなぶり殺しに遭うてしまう」

と出淵が痛みを堪えて恐怖の顔で叫んだ。

「糸女さんと情夫の唐助さんよ。おめえさんらは、江戸の田沼家に戻る勇気がございますかえ」

「ま、まさかそなたらが尚武館の一味とは知らなんだ。使いの役目を果たさなかったとなれば、もはや木挽町の屋敷に戻ることなどできぬ」

と言った。

「出淵さん、おまえさん、どうするね」

「下げ緒を解いてくれ。まず医者を探して治療を願う。そのあとは、できるだけ柳生永為様から遠のくように上方にでも行き、暮らしを考える」

「今宵の宿はどこですかえ」

「蒲原宿で探せと命じられて先行していたところだ」

[illegible]脇差を抜き、縛めの下げ緒をぷつんと切った。

「ならば早く医者を探すことだ。間違っても蒲原方面に向こうてはなりませんぜ。柳生様一行に会いますからね」

弥助が最後の脅しを加えると、

「興津宿に戻る」

と言い残した出淵欽兵衛が、蹌踉とした足取りで豊積神社の境内から姿を消した。

「で、おまえさん方はどうするね」

「唐助といっしょに相良に行きます。あそこには私の遠縁の者がおりますから、髪が伸びるまで匿ってもらいます」

と言った。

「ならば行きなさせえ」

と糸女と唐助を弥助が放った。

「これで柳生七人衆の二番手の遣い手と七番手が消えた」

「今や柳生五人衆ですか」

「そういうことだ、利次郎さん」

「となれば、これ以上、あやつらにちょっかいを出さず、江戸へと付かず離れずの道中をしましょうか」

利次郎の言葉に頷いた弥助が、

「さあて、霧子を探しに参りましょうかね。あやつらの宿は蒲原宿だそうじゃ」

と言った。

六つ半過ぎ、磐音とおこん、田丸輝信と早苗の四人は、迎えに来た速水右近の櫓で四谷御門そばの船着場から神田川へと向かって外堀を下っていった。

「おまえ様、よい祝言にございましたね」

おこんがしみじみとした語調で話しかけた。

「いかにも似合いの夫婦が誕生した」

「磐音先生、おこん様、兄次助の祝言に出ていただき、兄はこれ以上の幸せはなかったと満足の顔でございました。うちは親父も跡継ぎの長兄も、兄次助の生き方を認めようとしていません。祝言にも出ず、田丸家としては母上と早苗さんにそれがしの三人だけ、兄も肩身の狭い思いをしていたところを、先生とおこん様[illegible]西の丸徳川家基様の剣術指南の坂崎磐音様が、内藤

りました。大久保屋甲右衛門の旦那も兄もお孝さんも大きな顔ができました。お礼の申しようもありません」

と田丸輝信が上気した顔で言った。

「あら、輝信さんも兄上様と義姉上様のために元の亭主の嫌がらせを撃退して、内藤新宿で名を上げたのではございませんか」

とおこんが言い出した。

「おや、輝信さん、内藤新宿でそんな立ち回りをみせたのですか」

櫓を漕ぎながら右近が訊いた。

「右近さん、大久保屋の男衆ばかりか女衆までもが、若旦那の弟御は頼もしいって大騒ぎでしたよ」

「田丸輝信、内藤新宿で売り出すの図ですか。北尾重政絵師に描いてもろうて売り出しましょうか」

「右近様、冗談はおやめください。輝信さんはうちの父と同じく調子に乗る癖がございますからね」

早苗が釘を刺した。

「早苗さん、菊野様とよく話していましたね」

「はい。うちの母と違い、青蓮院流の書道の達人、いろいろなことをご存じのお方でした」

早苗の言葉におこんが頷き、

「次助さんとお孝さん、一組の夫婦が誕生して、また新しい人の輪が広がった一日でしたね」

おこんがだれともなしに洩らした。

秋の月明かりが五人を乗せた猪牙舟を照らし出していた。

三

駿河駿東郡の沼津は、譜代大名三万石水野出羽守忠友の城下町だ。忠友は田沼意次の失脚に伴い、この年の三月二十八日、老中を免職されていた。田沼時代を支えた老中の一人であった。

城下町でありながら食売女がいて、なかなか旅人には楽しめる宿場であったそ

[illegible]に一刀流村上源右衛門と看板を掲げた剣道場があり、緊迫した気配が表へと漂っていた。

道場の中では、柳生永為が道場主村上源右衛門と木刀での立ち合いをなしていた。

道場の壁際にはすでに四人の門弟が腕や胴を打たれて、痛みを堪え、青い顔をしてこの勝負の行方を見詰めていた。

両者、最前から相正眼で動こうとはしない。

だが、両者の力の差は歴然としていた。

村上源右衛門は、柳生永為の静かなる構えに圧倒されて身動き一つできなかった。

一方の柳生永為は、勝負を楽しんでいるように相手が動くのを待っていた。

村上源右衛門の頭には、己れの高弟が四人とも柳生の配下の者にあっさりと打ち負かされた光景が残って、踏み込めなかった。

不意に柳生が村上の両眼の間あたりに付けていた木刀の先を、

すいっ

と引いて見せた。

その動きに誘われるように村上源右衛門が踏み込んだ。
柳生は引き付けるだけ引き付けて、
ばしり
と右手の拳を打ち、村上が小さな叫び声を上げて木刀を取り落とした次の瞬間、柳生の木刀が躍って、立ち竦んだ村上の脳天へと電撃の打ち下ろしを決めた。
「あっ」
武者窓から勝負の行方を見守っていた弥助が思わず驚きの声を洩らした。
村上源右衛門が、木刀で殴り殺されたと思ったからだ。
だが、柳生永為は寸止めで村上への攻めを止めた。
次の瞬間、失神したか崩れ落ちるように村上が倒れ込んだ。
「せ、先生」
門弟たちが駆け寄ろうとするのを柳生が木刀で制し、弥助が覗く武者窓を見ると、
にやり
と笑ってみせた。
弥助の背筋に悪寒が走り、武者窓から離れさせた。

を知っている笑みだった。

この日、蒲原宿から明け六つに出立した柳生一行は、吉原へ二里三十丁、原宿へ三里二十二間、そして、沼津城下へ一里半と実にゆったりとした足取りで進み、沼津城下を見物するようにあちらこちらを見て回り、何軒かの町道場を覗いたあと、この村上道場に目をつけたのだ。そして、

「一手ご指南を」

と下手に願って、五人対五人の勝負を仕掛け、一方的な決着をつけたのだ。

弥助は村上源右衛門が撲殺されなかったことに安堵しながら、武者窓を離れた。するとと利次郎と霧子が弥助を待っていた。むろん二人とも柳生永為が追い詰めた鼠をいたぶるような勝負を見ていた。

田沼意次の命を守って一年余、相良城下と寸又峡で激しい稽古に明け暮れた柳生新陰流裏大和派の力量は計り知れないものがあった。

霧子が島田宿の厩で近藤丈八を、そして、利次郎と弥助が由比の豊積神社で出淵欽兵衛をと、柳生の配下を一人ずつ一党から脱落させていた。

だが、それは厳しい修行を終えた反動、これから真剣勝負に臨まねばならないという相手の一瞬の隙を衝いたためだということを、三人は胸に刻み付けた。

宿の手配のために蒲原宿に先行させた出淵欽兵衛が蒲原宿にはおらず、宿の手配もしていないと分かった柳生らは、蒲原宿の一軒の旅籠に投宿した。そして一晩、出淵の出現を待った末に、

「出淵欽兵衛が脱落」

したと判断したか、次の朝、蒲原宿を一刻あまり遅発ちして沼津城下に夕暮れ前に到着したのだ。

「あやつら、路銀稼ぎにあの道場に狙いをつけましたか」

道場のある川廓町は、江尻(えじり)行き乗合船が出る海岸町で、海上七里を人一人五十文、一駄百五十文で運んだ。ために川廓町は、なんとなく猥雑(わいざつ)で賑やかな湊町(みなとまち)だった。

「明日は三島(みしま)を経て箱根峠越え。考えられなくもないが」

と弥助が首を捻った。

「師匠、あの者たち、なかなか出てきませんね」

と二人を残して村上道場に向かった。そして、しばらくして戻ってきた霧子が、

「柳生らは、今宵は村上道場に泊まる体で、酒などを出させて飲んでおります」

「なに、道場を宿代わりに使うつもりか」

利次郎が呆れ顔をし、弥助が首を傾げた。

そこで弥助らは村上道場の入口を見通せる旅籠に泊まることにした。

弥助は、水野忠友が田沼時代を支えた重鎮の一人であり、田沼意次と縁戚関係にあったことをちらりと考えた。

（なにか策があってのことか）

刻限は暮れ六つ過ぎだ。

相部屋しか取れなかった。

富士詣でに行った江戸の講中一行の四人と一緒だ、致し方ない。階下の板の間で夕餉を食べ、そのあと、霧子が村上道場を覗きに行ったが、あちらも飯を炊かせて食しているという。

ともかく相部屋で眠り、七つ前に起きて旅仕度をすると、村上道場に向かった。

すると未だ暗い中、柳生五人衆が足早に東海道に戻り、一里半先の三島宿を目

指して出立するところだった。

その朝、五人に減った柳生一行を、弥助ら三人は半丁ほどあとから尾行していった。

もはや柳生永為は弥助が見張っていることを承知していた。姿を隠しても致し方ないと考えたからだ。

三島宿を越えて箱根関所への三里二十八丁の山道に差しかかったとき、東海道が白んできた。そして、箱根を目指す山道には三々五々旅人の姿があった。

「師匠、最前からなにを考えておられます」

と霧子が弥助に訊いた。

「あやつら、なぜ村上道場を宿としたか」

「弥助様、われらも相部屋にならざるを得ない刻限にございました。ゆえにあの刻限から旅籠を探して相部屋になるより、道場で一夜を明かすほうがよいと考えたのではないでしょうか」

「そうとも考えられる、利次郎さん」

「ほかになにか」

[illegible]ことではない。この沼津は三月まで老中であった水

その城下町の町道場に、なぜ狙いを付けたのか」

「あっ」

利次郎が驚きの声を上げた。

「そうか、沼津は老中水野忠友様のご城下にございましたね。うっかりしておりました」

「だが、村上道場が沼津藩と深い縁(えにし)があるとも思えない。門弟に、水野家の家臣などいそうになかった。半分が剣術好きの漁夫と浪々の剣術家の集まりであった」

「いかにもさように見えました」

「師匠、先を行く五人衆の顔を覗いて参ります」

霧子が半丁先を行く柳生らとの間合いを詰めようとした。

「霧子、どうした」

「利次郎様、昨日までの緊張が一行には欠けているような気がします」

と言い残して霧子が足を速めた。

「騙されたか」

と弥助が言い、足を止めた。

箱根峠の山道は初音ケ原に差しかかっていた。

「騙されたとはどのようなことですか」

「霧子が答えを持って戻ってこよう」

と弥助が言ったとき、霧子が前を行く五人衆に追いつき、破れ笠を被った柳生永為の顔を覗き込んで、一瞬足を止めた。

「どうしたのだ、霧子」

利次郎が訝しげに呟いた。

霧子はなんと柳生永為に話しかけていた。

霧子と柳生が何事か話し合い、足を止めたかと思うと、一行とともに霧子が山道を引き返してきた。

「柳生五人衆ではございませんな、弥助様」

「あやつら、わっしらが尾行ていることを承知しておった。ためにあの村上道場を使うたのじゃ。おそらく体付きの似た門弟五人を選んで、柳生ら五人の衣服と替えて、未だ暗い夜明け前に箱根峠に向かわせたか」

弥助が言うところに五人衆と霧子が戻ってきた。

、この役を果たしたのか。この形で箱根峠に向かえ、さもなくば師匠

柳生永為の役を務めた門弟が、弥助と利次郎に話しかけた。

「ご苦労でございましたな。おまえ様方の中に、昨夕立ち合われた方がおられますか」

利次郎の問いに中年の門弟が答えた。

「それがしは、猿賀某と申す、年寄りのようでもあり若くもあるような者と立ち合うた。だが、それがし相手に一分の本気も出しておるまい。なにか底冷えがするような冷気というか、恐ろしさを秘めた者であった」

その者が胴あたりをさすった。その行為で利次郎は、胴を抜いた一撃が、そより
としたものであることを見ていた。

猿賀兵九郎が本気を出していれば、おそらくこの者はこの場におるまいと利次郎は思った。

「よし、村上様の道場に戻りましょうか」

「われら、箱根峠まで往来せよと命じられたがな」

「もはや、あやつら、村上道場にはおりますまい」

と弥助が言い、

「何者なのだ」

と柳生永為を演じさせられた門弟が弥助に訊いた。

「理由を知ると、そなた様方にこれ以上の厄介が降りかかります。それより村上様の安否のほうが気にかかる」

「おお」

そのことに気付いた偽の柳生らが沼津へ引き返そうと早足で歩き始めた。弥助らもそれに従った。

四つ（午前十時）過ぎの刻限、沼津城下川廓町の村上道場に戻ると、道場は森（しん）閑（かん）としていた。人の気配を感じたか、若い門弟が出てきて、

「園田（そのだ）様」

と偽の柳生永為に声をかけた。

「やつらはどうした」

「出ていきました」

「師匠はご無事か」

「どうした、団五郎（だんごろう）」

「し、師匠は、あやつらの頭分（かしら）に殴り殺されました」

「ああ」

と園田が悲鳴を上げた。

「あの者たち、どこへ向かったか知りませぬか」

利次郎が訊いた。

「湊から強引にも江尻行きの乗合船に乗り込み、下田（しもだ）へ向かえと船頭を脅したとか。帆を上げさせ、南へと下っていったとの噂です」

と若い門弟が答えた。

「湊に行ってみよう」

弥助の声で三人が村上道場を去ろうとすると、

「あやつら、何者です。そなた方はどなたです」

園田が改めて訊いた。

「わっしらの身分を名乗ると、沼津藩に迷惑がかかるやもしれません。ただ一つ、申し上げておきます。村上源右衛門様の仇は、必ずやわが師匠とわれら一統で討ちます。その折りはこたびの事情を説明できましょう。後日、江戸から書状にて知らせます」

と弥助が告げ一礼すると、急ぎ川廓町の船着場に向かった。

船着場の船頭に話を訊いた弥助らは、柳生永為らしき五人組が、江尻行きの乗合船を無理矢理下田湊に向かわせたことを突き止めた。

およそ二刻半（五時間）前のことだという。

「弥助様、われらも船を雇って追いかけますか」

「利次郎さん、あの者たち、行き先は下田湊ではあるまい。江戸まで海上を行く気だ」

利次郎に応えた弥助が、その場にいた江尻行きの乗合船の船頭に訊いた。

「そなたらの船で江戸まで行くことができますかえ」

「下田に行く約定で敬次郎ら二人は雇われたんですぜ。そりゃ、風の具合を見て石廊崎を回り込み、相模の海を横切って三崎に着けば、江戸の内海も近い。行けないこともねえが、何日もかかる。敬次郎らには難儀な話じゃろうな」

と初老の船頭が仲間を案じた。

「あの者たちは下田湊までの金子を敬次郎さん方に支払ったのです

「二両の約束で乗せた。だがよ、江戸となると難儀な船旅だ。二両なんて金では合わねえ、できっこねえ」

船頭が答えたが、三人は敬次郎らが無事に沼津湊に戻ってくることを祈った。

「どうしましょう、弥助様」

「わっしらは、急ぎ東海道を江戸に戻りましょうか。そのほうが船より早く江戸に戻れる」

弥助の提案で利次郎と霧子は気を取り直し、再び沼津から三島を経て箱根関所へと戻ることになった。

小梅村の庭では金兵衛が睦月と一緒に遊んでいた。もはや空也は金兵衛と遊ぶことより剣術修行に夢中で、厭（あ）くことなく独り稽古を続けていた。

そのようなわけで、金兵衛は睦月相手にお手玉遊びをしていた。

昼下がりの刻限だ。

磐音は、弥助ら三人のことを案じながらも、豊後関前藩の国家老である父坂崎正睦と、屋敷に世話になっている前田屋の奈緒に宛てて書状を認（したた）めていた。

正睦には藩主福坂実高とお代の方に会ったことや身内の近況を記し、奈緒には松平定信による改革によって、奢侈禁止令が強められることが予測され、紅猪口や紅板が禁じられるやもしれない旨を認めた。そして、かような急激な改革は、これまでの事例からみてうまくいった例しはない、ゆえによきにつけ悪しきにつけ、気長に己れの好きな道を続けることだと付記した。

「おーい、金兵衛さん、なんぞ耳寄りな話はないか」

胴間声(どうまごえ)が庭に響いて武左衛門が姿を見せた。

「新たな改革とやらは未だ下々におりてこねえや。米の値段は相変わらず高値のままでよ、なんとも手の打ちようもねえな、旦那」

「われら夫婦が食う米の値段が去年の五割増しとか、勢津が嘆いておる。政(まつりごと)に望みをかけても致し方ないな」

と金兵衛に応えた武左衛門が、

「昨夕、ちらりと秋世がわが長屋に姿を見せてな。ついに町奉行所より、紅を売ることは自粛せよとの通達を、市中取締諸色掛(しちゅうとりしまりしょしきがかり)同心が口頭で言い置いていったそうだ。秋世は、奈緒様が留守の間に店を閉めるようなことがあったらどうしよ

「そうですか、そのような通達が口頭で来ましたか」

「うちには関わりがないが、絹物はだめ、紅はだめ、芝居もだめ、簪や櫛に金銀を使うことを禁じたら、そいつを商う商人や職人はどうなるよ。子供だって分かりそうな理屈が、なぜ公儀の役人には分からぬのか」

武左衛門の嘆息はもっともなことだった。

「秋世どのが悩むことではないが、いささか困りましたな」

「手はないか、尚武館の先生」

武左衛門が磐音に言った。

磐音と武左衛門と品川柳次郎の三人は、十数年前、今津屋の用心棒を務めて知り合って以来の間柄だ。

磐音が家基の剣術指南を務めようと、尚武館佐々木道場の後継として、尚武館坂崎道場を小梅村で主宰していようと、武左衛門は昔ながらの、

「浪人同士」

のつもりでいる。

磐音にとって気が置けない仲間だった。

「ただ今、関前の奈緒に文を認めております。秋世どのの悩みも書いておきますので、秋世どのには今できる商いをなされと伝えてくだされ」

「なに、その程度の知恵しか出てこんのか。わしでも考えられるぞ」

と武左衛門が言うところに早苗が茶菓を運んできて、

「父上、言葉が過ぎます。ただ今の父上の身分は」

「安藤家下屋敷の中間(ちゅうげん)というのであろう。耳にタコができるわ」

と親子が掛け合う話を聞きながら、なんぞ手を打たねばならぬな、と磐音は真剣に考えていた。

四

弥助が重富利次郎と霧子夫婦を伴い、小梅村に戻ってきたのは、天明八年八月のことだった。

三人が尚武館の門前に立ったのは、仲秋(ちゅうしゅう)の陽射しが西に傾き、隅田川の水面を黄金色に染めようとする頃合いだった。

[illegible]、白山と小梅がまるで爺犬と孫犬が寄り添うように

「おや、白山に隠し孫がおったか」

弥助が驚くのへ、霧子が、

「小梅ですか。睦月様の頼みで、右近様が白山のために拾ってきた仔犬です」

「なに、白山のためとは、どういうことか」

と弥助が訝しげな顔をするところに季助が駆けつけ、喜びの顔を見せた。そのあとに平助が長屋から姿を見せて出迎え、

「そろそろ帰ってきてんおかしかなかろと思うちょったと。やっぱりわしの勘どおりに戻ってこられたたい」

という声が尚武館道場にいた住み込み門弟衆に届いたらしく、田丸輝信、神原辰之助、速水右近、恒柿智之助、井上正太らが飛び出してきて、

「弥助様、ご苦労にございました」

とか、

「利次郎さん、霧子さん、夫婦二人連れの旅はいかがでしたか」

などと喜びの声で迎えた。

弥助が懐かしい一同に一礼すると、

「留守のあいだに、白山め、すっかり老犬になっておらぬか」

と足元にすり寄ってきた白山の頭を優しく撫でた。そしてそのかたわらに寄り添う小梅を抱き上げ、

「おや、そなたは娘か。なかなかの器量よしじゃな」

と顔を見た。すると小梅が初めて会う弥助の、日に焼けた顔をぺろぺろ舐めた。

「ふっふっふ、三助年寄りの弥助を身内と認めてくれたようじゃな」

と弥助が言い、そこへ空也が飛び出してきて、

「弥助様、お帰りなさい。この夏、白山が元気をなくして、もうだめかと皆で心配していたのです。すると右近さんが捨て犬を貰ってきてくれて、急に元気になったのです」

としっかりした口調で事情を説明した。

小梅を抱いたまま立ち上がった弥助が、

「空也様、ずいぶん背が伸びましたな。道場での稽古、お許しを得られましたか」

いえ、と顔を横に振った空也が、

[illegible]未だ父上から許しが出ませぬ。稽古が足りぬ

と無念そうに弥助に尋ねた。

「十月（とつき）前と違うて体付きがしっかりとしてこられました。独り稽古が十分に身についている証です。お父上は、どれほど独り稽古に堪えられるか、空也様の精進を見ておられるのです。踏みつけられた麦ほどしっかりと育つ、と言いましょう。なあに、先は見えておりますよ」

と弥助が請け合った。

「まずはお父上に報告いたしますでな、積もる話はそのあと、皆さんとゆっくりいたしましょうか」

弥助は、尚武館の玄関前で小梅を腕から降ろした。そして道場の神棚に向かい、深々と一礼した。御用旅から無事に戻ったことを尚武館の神棚に感謝してのことだった。

利次郎と霧子もそれに倣（なら）った。

「利次郎、用事は無事果たせたのか」

田丸輝信が無言を通す利次郎に訊いた。

「輝信、弥助様が申されたとおり、皆との話は先生への報告のあとだ」

「うむ、お喋りの利次郎が無口じゃな。なにかあったのか」

と質した。だが、利次郎は輝信の言葉に乗ってこなかった。

それを見た右近が井上正太と空也を呼び、先に母屋へと走っていった。おこんに知らせるためか。

住み込み門弟衆が三人を囲むように楓と竹の林を抜けて泉水のある庭に出た。するると母屋の縁側で磐音が刀の手入れをしながら、金兵衛と話していた。人の気配に気付いた金兵衛が、

「婿どの、弥助さん方が戻ってきたぞ」

と磐音に教えた。

「ただ今戻りましてございます」

備前包平の刃に打粉をして、柔らかい布で拭っていた磐音は、包平を眺めるとゆっくりと鞘に戻し、

「弥助どの、長きにわたる御用、ご苦労でした」

と労った。そして、弥助の顔をじいっと見詰めて、元気であったかどうかを窺い、そのあと、重富夫婦に頷きながら会釈で迎えた。

「三人共に無事に戻られたことがなによりの成果、喜びです。まずはお上がりくだされ」

磐音が旅仕度の三人を座敷へ招じ上げようとした。

縁側に腰を下ろした弥助らが草鞋の紐(ひも)を解くところに、右近、井上正太、それに空也が、肩に手拭いをかけて、足の埃(ほこり)を洗う水を張った桶をそれぞれ抱えて走ってきた。

井戸端に走り、十月余の御用を果たした弥助を労って濯(すす)ぎ水を用意してきたのだ。右近が考えたことだった。

「弥助様、お使いください。水だとちょっと冷たいかな」

空也が弥助の足元に桶を置いた。

「こうまでして迎えていただき、御用が終わったことをしみじみ感じました。空也様、使わせてもらいます」

草鞋を脱いだ弥助が桶の水に足を浸して、十月余の疲れを揉みだすように丁寧に洗い、空也に差し出された手拭いで拭った。

「霧子、右近どのに濯ぎ水を供されてどんな気分じゃ」

利次郎が隣の女房に尋ねた。

「男衆にかようなことを煩わす経験は初めてです。恐縮のあまり、なんの言葉も出ません。右近様、ありがとうございます」

霧子が困惑した顔で礼を述べ、

「時にかような接待も悪くはないな。なんだか偉うなったような気がする」

と利次郎が笑った。

「お帰りなさい」

そこへおこんらが姿を見せ、座敷に移った磐音の前に弥助ら三人が座した。

小田平助や空也を交えた門弟衆は、縁側の前に立っていたが、辰之助が、

「われら、弥助様方が先生に報告を終えられるのを、道場で待とうか」

と道場への引き上げを命じた。すると、

「いや、辰之助どの。皆も一緒に弥助どのの話を聞きましょうか。そのほうが事は一度で済む」

と磐音が許し、小田平助を交えて一同が三人を囲むように、座敷や縁側に座り直した。

[illegible]るのは面目次第もないが、致し方ございま

弥助が顔を引き締め、大井川上流の千頭村での利次郎、霧子夫婦との再会から話を始めた。そして時に、利次郎と霧子が弥助に代わって話は進められた。

霧子が島田宿で柳生七人衆の一人を始末した経緯を淡々と告げたとき、井上正太など新入りの住み込み門弟の中から静かな驚きの声が洩れて、霧子を見詰め直した。だが、田沼意次一党との暗闘を戦い抜いてきた古手の門弟にとっては、驚きでもなんでもなかった。

尚武館では戦いの日々が日常だった。

さらに由比の豊積神社での、柳生七人衆の一人出淵欽兵衛と田沼家用人井上寛司の使いの糸女が偶然にも出会うことになったとき、機敏にも行動した利次郎の機転に、

「ほうほう、でぶ軍鶏の利次郎どの、なかなかやりおるな」

と輝信が同輩を認める発言を洩らしたものだ。

「なんと、難敵と思える柳生七人衆が五人に減じましたか。利次郎どのと霧子を弥助どののもとへ向かわせたのはよい判断でした」

磐音も呟いた。

「磐音先生、最後にどんでん返しのしくじりをしてしまいましたので」

と再び弥助が話し手になり、沼津城下の町道場を舞台にした柳生五人衆の身代わり工作にまんまと引っかかり、その姿を見失った失態の経緯を報告し、最後に付け足した。

「柳生永為は、わっしが坂崎磐音様の命で見張っていることを、いつの間にか承知していたのでございましょう。わっしも、あれだけの武芸者、気付かれないはずはないと思うていましたが、つい最後の最後に油断をしてしまいました。箱根峠を前に、ああも見事に姿を晦まされるとは、松浦弥助、一代のしくじりでした」

と話を締めくくった。

「ご苦労でした」

と磐音が応じ、

「弥助どの方の機転で、それがしの誘い文とは別に、田沼家用人井上寛司どのの書状を使いから難なく騙し取り、偽書まで拵えて駄目押しをしただけでも、利次郎どのと霧子に行ってもろうた甲斐があったというものです。柳生永為が、身罷[illegible]を受けられていたか知らぬが、この尚武館は

し道場　柳生某には渡さぬ。今言えることは柳生がこの尚武館を欲しくば、必ずやこの小梅村に姿を見せるということです」

「婿どの、ならばさ、沼津城下でよ、どさ回りの芝居のようなことを演じて、弥助さん方三人の尾行をまいて、海路なんぞに出る要はなかったんじゃねえか」

それまで黙って聞いていた金兵衛が磐音に質した。

「いえ、柳生永為には、大きな意味があったと思えます。田沼意次様の最後の刺客として、この坂崎磐音と尚武館を潰すためには、十全なる準備と同時に不意を衝くしかないと考えておったのでしょう。柳生は、霧子と利次郎どのが二人の配下を脱落させた真相は分からずとも、およそ事態は察していると思います。七人衆が五人衆に減じたことより、弥助どのに長きにわたりすべての行動を見張られていた事実は、柳生には大きな気持ちの痛手であったはず。田沼様の刺客として、先の先をとるはずが、後の先を選ばざるを得なくなったのです。ここで気持ちを立て直し、われらが油断した折りに反撃に出る策を練る日にちが要ったのでございましょう」

「となれば、婿どの、死せる田沼意次の最後の刺客は、すぐには小梅村に現れぬのか」

「と考えられます。また同時にこちらの意表を衝いて、今宵にも乗り込んでくるやもしれません」

弥助が磐音の考えを聞いて、

ふうっ

と大きな息を吐き、

「逃したのは不味うございましたな」

と言った。

「いえ、柳生新陰流裏大和派がどのような剣術か、敵を知るために、われらも明日より弥助どのから話を伺いましょう」

と磐音が言うと、

「へえ」

と弥助が即答した。

「おこん、今宵は弥助どのら三人が戻られたのだ」

「一緒に夕餉を食して、弥助様方の難儀を労いましょうか」

と応じて座敷から台所へと姿を消した。

弥助、利次郎、霧子、輝信、辰之助を居室に呼んだ。

「一つだけ懸念がござる」

「なんでございましょうか」

と弥助が応じた。

「柳生永為ら五人が尚武館に現れるのは覚悟の前です。ですが、弥助どのの話を聞くだに、なかなかの企てを策す武芸者かと思います。それがしの挑戦状にも、弥助どの、利次郎どの、霧子苦心の偽書にも乗らず、老中松平定信様を襲うことも考えられます」

「先生、ありうるばい」

小田平助が磐音の考えに賛意を示した。

「いつぞや定信様ご一行がこの尚武館から北八丁堀の屋敷に戻られる折り、水戸藩抱え屋敷近くで田沼一派の手の者に襲われ、苦戦されたことがございました」

「あった、あった。辰平さんと利次郎さんが未だ小梅村の住み込みでおったときたいね。正直くさ、松平様の御側衆は頼りなかたい」

平助の言葉にこんどは磐音が頷き、

「天下の老中に就かれた松平家を、一介の剣術家が案じる要はないといえばない。じゃが、これまでの行きがかり上、定信様をここで柳生らの手によって暗殺させるわけにはまいらぬ」

「田沼時代がようやく終わり、松平定信様の改革が始まった折り、老中を亡くしてはいよいよ世相は混乱し、打ちこわしがさらに激しさを増しましょう」

と弥助が言い、

「松平様の屋敷を見張りましょうか」

と霧子が応じた。

「霧子は十分に働いてくれた。関前藩の家臣の女房どのをそう勝手に使うわけにはいくまい。それにこたびは見張りより、松平定信様の御側衆の警護をどのように厚くするか、そのことを考えるときであろう」

「正面から願うても、松平定信様にはご承知いただけますまいな」

と利次郎が言い、

「まず無理じゃな。白河藩を軽んじるかと言われかねぬぞ、利次郎」

と田丸輝信が応じた。

[illegible]その体面もございます。それだけにその体面を立て

「弥助様、定信様に内緒で、われらが警護につくということですか」

利次郎が訊いた。豊後関前藩に仕官したにも拘らず、気持ちは未だ尚武館坂崎道場の門弟時代と変わらなかった。

そこへ茶を運んできたおこんが、

「利次郎さん、霧子さん、こたびの寸又峡行きの御用でもわが亭主どのは悩んだのです。もはやあなた方が忠誠を尽くすのは福坂実高様と関前藩ですよ」

と注意した。

「おこん様、もはやわれらは尚武館とは関わりがないと申されますか」

利次郎が気色（けしき）ばんだ。

「いえ、わが亭主がこうして寸又峡行きを願ったように、お二人の力を頼るしかございません。なにより私どもは同じ釜の飯を食べた一家です。その絆は死を迎える日まで変わりません」

おこんの言葉に利次郎が頷いた。

「考えてもごらんなさい。陸奥白河藩の警護方に、豊後関前藩の御番衆の重富利次郎が就くことができるとお思いですか」

「それはそうだ。できぬぞ、利次郎」

同輩の輝信が言い、

「ここはわれら尚武館の住み込み門弟がやるしかございません」

辰之助にも言われて、利次郎が寂しげな顔をした。その膝に霧子が手を置き、

「亭主どの、物事には分がございます」

「それはそうじゃが、重富利次郎、役立たずか」

と嘆いたが、なにかに気付いたふうに磐音を見た。

「先生、松平様のことは、先生のお考えに従います。されど」

としばし言葉を詰まらせる利次郎に、

「どうなされた、利次郎どの」

「柳生五人衆が尚武館坂崎道場に乗り込んできた折りには、それがしにも役を与えてください」

「利次郎、そなたも立ち合うというか」

「輝信、たしかにそれがし、関前藩に仕官したゆえ福坂実高様の家来じゃ。じゃが、それと同じように、直心影流尚武館坂崎道場の門弟に変わりなかろう」

を選ばれるのは、坂崎磐音先生をおいてほかにはおられません、利次郎さん」

辰之助が利次郎を諭した。

「うーん、仕官がこれほど身動きのつかぬものとは思わなんだぞ」

「なにを言うておる。関前藩の家臣が女房連れで、箱根峠を尚武館の御用で往来したのだぞ。それだけでも格別ではないか」

「分かっておる、輝信」

磐音は利次郎と輝信の掛け合いを聞きながら、どのようにしたら松平定信を柳生五人衆の襲撃から守ることができるか思案していた。

賑やかな一夜が明けて、住み込み門弟衆が朝稽古を始めたとき、弥助の長屋は静かだった。そして、母屋に泊まった利次郎と霧子の姿もまた、早苗たちが朝餉と昼餉を兼ねた賄い（まかない）の仕度を始めたとき、もはやなかった。

朝稽古が終わった後、磐音は二通の書状を認め、右近に願って表猿楽町の屋敷に届けさせた。

第五章　初陣空也

一

数日後、磐音は右近が船頭を務める猪牙舟に乗り込んだ。

船着場まで空也や睦月が白山と小梅を伴い、見送りに来た。

「父上、早くお戻りください」

空也が稽古の指導を暗に願った。

「そうじゃな、本日は二つ用事を済ませねばならぬゆえ、帰りは夕刻になろう。小田平助どのに願い、槍折れの手ほどきをしてもらいなされ」

「えっ、槍折れの稽古を願うてよいのですか」

[illegible]腰がしっかりとしてきた。槍折れの基(もとい)となる動きくらい

[illegible]に許しを願うのじゃ」

「はい」

空也が喜びの声で応えた。

「空也様、ようございましたな。決して最初から無理をしてはなりませんぞ」

右近が言葉をかけると、

「はい」

と大きな声で空也が返事をした。

「睦月、本日は土産とは言わぬのか」

「えっ、父上、土産を買ってきてくださるのですか」

と、こちらも顔いっぱいの笑みで応じた。

「犬の人形か」

「父上、人形などいりません。ほんものの小梅がこのようにいるのです」

「そうであったな。では、皆に甘い物でも購うてこよう」

と約束した磐音は右近に、

「願おう」

と声をかけ、空也に押された猪牙舟が尚武館の船着場を離れていった。

この日、猪牙舟は、長閑にも秋晴れの隅田川を下り、神田川へと入って昌平橋の船着場に舫われた。

「右近どの、一緒に参ろうか」

磐音が誘った。

「母上とも父上とも、先日十分に会いました。磐音先生はお客人とわが屋敷で会われるご様子ゆえ、本日は遠慮します。どうせ母上からまるで三つ子のように、あれをしてはなりませぬこれをしてはなりませぬ、おこん様を人前で義姉上と呼んではなりませぬ、と小言を聞かされるだけです」

右近は磐音の行き先が自分の実家であり、そこでだれかと会うのだと、過日速水左近宛ての書状を届けた様子から察していた。

「さようか。親と一緒がよいのはせいぜい空也の、いや、睦月の歳までかな」

と磐音が答え、土手を上がって八辻原の西側に出た。

速水邸が磐音の訪問先だった。速水邸に客が来るのはおよそ半刻後のことだ。

磐音はゆったりと歩いて表猿楽町に向かった。するとすでに客は訪れていると速水家の門番が伝えた。

「いえ、お客人はいささか早く着いたと殿に詫びておられました」

と答えた。

速水左近と客は書院で話し合っていた。

「速水様、猪熊どの、声をかけたそれがしが遅れるとは、なんたる非礼でございましょう。お許しください」

と磐音が先ず詫びた。

「いえ、坂崎先生が遅れたわけではございません。それがしが先生のお呼び出しに緊張して、北八丁堀の屋敷を早く出てしもうたのです。ために速水様にはご迷惑をおかけいたしました」

老中松平定信の近習頭の猪熊小四郎が恐縮した。

「なに、隠居は暇を持て余しておるでな、猪熊どのから、こたびの改革に邁進される定信様のご苦労などを聞いておった。田沼様のあとを受けて大変なことである」

と速水左近がそう切り出すと、

「それがしは貸席の主に徹しよう」

とその場を下がろうとした。

猪熊が訝しげな顔をし、磐音は一瞬考えた末に、

「速水様、ご同席願えませぬか」

と願った。過日の書状で、

「いささか仔細ありて小梅村では会わぬほうがよいと判断いたしました。松平定信様の近習頭猪熊小四郎様を、速水様の名で屋敷に招いていただけませぬか」

と、日にちと刻限を記して願っていた。

速水左近は、当然松平定信に関わる内談と思ったゆえに、その場を離れようとしたのだ。

「隠居のそれがしが首を突っ込んでよい話か」

「そのほうがよかろうと判断いたしました」

と受けた磐音が、

「猪熊小四郎どの、不審に思われるは重々承知しております。ですが、ただ今多忙の松平定信様のご心中を騒がせるのもいかがかと存じ、まずは定信様に信頼の厚い猪熊どのに相談しようと思い、速水様の屋敷を借り受けました。なにはとも

大殿の剣術の師匠　殿に悪しきことをなさろうなどとは考えられませぬ。どのようなお話か存じませぬが、どうか忌憚なくお話を聞かせてくだされ」

と猪熊が願った。

「むろんこの話、この場にある速水左近様もご存じないことです」

と前置きした磐音は、十月余前からの話を順序立てて事細かく二人に聞かせた。

長い話になった。

話を終えたとき、二人の顔に険しい緊張があり、しばし沈黙した。

先に口を開いたのは速水左近だった。

「なんと、死せる田沼意次様は松平定信様を暗殺するために七人の刺客を残されたと言われるか。なんという執念深さよのう」

と慨歎（がいたん）した。

猪熊小四郎はなにも言葉を発しない。顔が緊張のために強張（こわば）って、頭の中で考えが纏（まと）まらない顔付きだった。

殿中で新番士佐野善左衛門に若年寄田沼意知が刃傷を受けた騒ぎに主の松平定信が関わっていることを、猪熊小四郎は当然察していると、磐音は思っていた。

ゆえに速水左近の名で猪熊を速水邸に招き、対面したのだ。だが、その話を速水左近と猪熊の前で蒸し返す要はないと思っていた。

「柳生新陰流裏大和派など聞いたこともない」

と剣術界に詳しい速水左近が呟いた。

「速水様、松浦弥助の十月余の観察では、なかなかの遣い手とか。霧子が近藤丈八なる一人を殺めたのは、最前お話ししたような状況下、ただ飲みを咎めた女衆を無慈悲に殺めた直後ゆえ、背後に迫る霧子に気付かなかったからでござる」

「いや、雑賀衆で育った霧子ならではの大胆な所業であった」

と速水が感嘆した。

「次いで出淵欽兵衛を、弥助どのと利次郎どのが仕留めなかった二人の判断、見事であったと思います」

「ただ今の重富利次郎の技量ならば、いかに相手が大敵でも討ち果たすことができたであろう。じゃが、出淵某を討ち果たせば、使いに立った糸女と小者の二人の口も封じることになる。剣は鞘から抜かずして、相手を活かすことがなにより の処置ゆえな、それでよかったのじゃ。柳生七人衆が二人も減じたとなれば、な

人の決断を褒めた

「さて、磐音どの、柳生五人衆が策に乗らずに松平定信様を襲う目算もあると考えて、猪熊どのを呼ばれたか」

「はい」

「なんぞ思案あってのことかな」

速水左近が話を進めた。

速水は家治の御側御用取次という重職に就いていた人物だ。田沼意次に疎まれ、甲府勤番という山流しの憂き目に遭ってきてもいたが、隠居した今も未だ政治勘は衰えていない。

「真に僭越至極ながら、定信様の登城下城の折りに数人、わが門弟を加えることはできまいかと考えました。猪熊どの、老中首座の御行列に節介は承知ですが、定信様の改革が緒に就いたばかり、万が一なにがあってもいけませぬ」

磐音の言葉に猪熊が、

がばっ

と両手をついて平伏し、

「坂崎先生のお気持ち、猪熊小四郎、身が震える思いで聞きましてございます。

いつぞや小梅村の帰路、田沼一派に襲われたときも、先生と御一門の助勢で撃退することができました」

とあの苦難を思い出したか言った。

「猪熊どの、両手を上げてくだされ。お願い申す」

磐音が願って、猪熊がようやく元の姿勢に戻り、

「殿には内密にてようございますか」

と質した。

「正直申して、柳生五人衆が先に松平様を襲うという裏付けはなにもございません。われらが頭を絞り、坂崎磐音の打倒こそが先であるという田沼家井上用人の偽書を弥助らが苦心して作成し、それがしも柳生永為に宛てて、坂崎磐音とその一門が待っているとの挑戦状を届けてございます。小梅村が先ならば、松平定信様が知る要もございますまい」

「いかにもさよう」

と応じた猪熊が、

「ただ今、国家老の吉村又右衛門様が江戸に出府しておられます。坂崎先生、吉

国家老吉村又右衛門は、定信とともに天明の飢饉を乗りきり、藩政改革を推進した人物だ。

「おお、吉村様が出府なされておられるとな。それは心強いことである」

速水左近が吉村の人物を承知か、そう言った。

「ならば国家老吉村様の判断に任せましょう」

と磐音が言い、話が成った。

磐音が昌平橋際の船着場に戻ると、右近は船着場で独り木刀の素振りをしていた。

「あっ、御用は済みましたか」

額に汗をかいた右近が舫い綱を解き、磐音を乗せた。

猪牙舟が神田川の流れに乗ったとき、

「次は浅草御門にて止めますか」

と訊いた。

磐音が今津屋に立ち寄ると右近は考えたようだ。

「いえ、山谷堀の今戸橋に着けてください」

「今戸橋ですか」

右近が訝しげな顔をした。

「右近どのは大門を潜られたことがありますか」

「はあ、それがし、二十二になりましたゆえ、大門がどちら向きかくらいは承知しております。吉原を訪ねられるのですか」

となんとなく落ち着かない口調で尋ね返した。

「いかにもさよう」

「ならば見返り柳そばの橋まで着けます」

なんとなく右近の櫓を漕ぐ腕に力が入った。

磐音は神田川から大川に出るまで黙り込み、何事か思案していたが、御米蔵の首尾の松付近で、

「右近どのには、明日から小梅村を出てもらうことになります」

「えっ、父がなにか申しましたか」

と驚きの問いを発した右近が、

「い、磐音先生、それがし、吉原でそうたびたび悪い遊びをしているわけではご

と狼狽して叫んだものだ。

「右近どの、落ち着きなされ。そなたがなにをしたからというて、小梅村を出るよう言うたわけではござらぬ。事と次第によっては、明日から神原辰之助、恒柿智之助とそなたの三人には、老中松平定信様の登下城に加わってもらうことになりましょう」

「ああ、なんだ。そういうことですか」

右近がほっと安堵の顔をした。

猪熊小四郎は、速水邸から北八丁堀の屋敷に即刻帰り、国家老の吉村又右衛門に磐音からの依頼を伝えることになった。

吉村の決断次第では、尚武館から辰之助ら三人を出し、松平家の家臣に扮して、行列の警護に加わる話が決まるのである。

「万が一の場合、柳生五人衆などという輩には、老中松平定信様のお体に一指たりとも触れさせませぬ」

と右近が言い切った。その上で、

「あのう、吉原の話とはどういう関わりにございましょうか」

と磬音に質し、

「共に吉原に参りましょう。さすれば話が分かります」

と磬音が応じた。

四半刻後、磬音は吉原会所の奥座敷で頭取(かしら)の四郎兵衛(しろべえ)と話をしていた。右近も座敷の端に落ち着かない様子で座していた。その顔は、妓楼(ぎろう)ではなく会所に用事だったかと、どことなくがっかりして気落ちした顔付きでもあった。

磬音の話を聞いた四郎兵衛が、

「松平定信様のご改革、うまくいけばよいのですが。女ひとりの力で、折角江戸にて開いた紅花の店を潰すような沙汰ばかりでは、どうにもこうにも先行きが案じられますな」

と首を傾げた。

「こちらにも緊縮財政の企ての影響がございますか」

「坂崎様、まずかような触れでは、吉原、芝居小屋、呉服屋、小間物屋が真っ先に狙われます」

[illegible]た顔をした。

「坂崎様、表もあれば裏道もあるのが世間でございますよ。これまで奢侈禁止の触れがうまくいった例しはございません。ようございます、白鶴紅を売り出した奈緒様の店を、女主が留守の間に潰してなるものですか。坂崎様、最上紅前田屋の留守を預かる秋世さんに、紅猪口と紅板をすべて会所に持ってくるようお伝えください」

「四郎兵衛どの、それは困る。それがし、会所にて購うてくださいと願いに来たのではござらぬ」

「坂崎様、勘違いなさいますな。吉原の上客は、まず引手茶屋に上がりますな。その折り、馴染(なじ)みの花魁(おいらん)に会いに行くのに、手ぶらでは行けますまい。近頃の流行(はやり)は、最上紅前田屋の紅猪口などを手にする客が多うございました。それを浅草寺門前のお店で売ってはいけないというのなら、この引手茶屋に預けておきなされ。女将(おかみ)が上手に男心を擽(くすぐ)って、必ず購ってくれるように仕向けますよ」

「おお、そんな手立てがございましたか」

四郎兵衛の思いがけない申し出に、奈緒の留守中に店を潰すことはなんとか避けられそうだと磐音が安堵した。

「奈緒様は吉原で太夫まで登りつめた女衆です。遊女の夢は、奈緒様の生き方なのでございますよ。そんな夢を潰してなるものですか」

と言い切った四郎兵衛が不意に、

「坂崎様、かような場所の噂は意外に的を射ていることがございます」

と話柄を変えた。

「なにかお耳に入りましたか」

「坂崎様と元御側御用取次速水左近様とは昵懇(じっこん)にございましたな」

「はい」

と答えた磐音のかたわらで右近がもぞもぞとした。

「家斉様の補佐方に、速水左近様の名が城中で取り沙汰されているそうです。表猿楽町の隠居様が忙しくなりそうです」

磐音が右近を見ると、

「父上は、未だ政に未練があるのでしょうか」

と思わず右近が呟くのへ、

「はあ、このお方、速水左近様のご子息にございましたか」

す」

「おやおや、とんだ話をとんだ人の前でしてしまいましたな」

と四郎兵衛が苦笑いした。

二

時節は、いつしか晩秋へと移ろい、小梅村の暮らしも静かに過ぎていった。

神原辰之助、速水右近、恒柿智之助の三人は、尚武館の朝稽古を早めに切り上げると、猪牙舟で北八丁堀に駆けつけ、老中首座松平定信の登城の行列に密やかに加わった。

大名の登城には厳格な仕来り(しきたり)があった。

毎月一日、十五日の月次(つきなみ)登城日、正月三が日、五節句、八朔(はっさく)、謡初め(うたいぞめ)、嘉定(かじょう)、玄猪(げんちょ)など行事の日には、諸大名、諸役人が行列をなして登城した。

千代田城への登城門は、諸大名は大手門と桜田門の二か所と決められていた。

ただし大名や一部の役人は、さらに城内の下乗門(げじょうもん)まで乗り物で入ることができた。

供侍たちは、下馬所か下乗所のいずれかで、主が城から下がってくるのを待つことになる。

下馬所、下乗所には、長さ六十間、奥行き六、七間ほどの太い柱と土間の待機する長屋、

「供待(ともまち)」

があった。

だが総登城ともなると、この供待はいっぱいになる。御三家、老中、若年寄の従者たちは屋根の下、供待に入ることができた。しかしながら諸大名の供は、下馬所の青天井の地べたに下座敷なる敷物を敷いて、その上で行儀よく待つことになる。

若年寄、老中は、

「四つ上がりの八つ下がり」

が決まりで、四つ(午前十時)に出仕し、八つ(午後二時)に退出した。

それも順番があって、月番の若年寄、他の若年寄が登城し、下乗所で落ち合って殿中に上がった。そのあと、月番の老中、他の老中の順で城中に入った。

[illegible]は、諸大名が若年寄、老中より前に登城するので

神原辰之助ら三人は、老中首座の松平定信の行列に加わるために継裃(つぎかみしも)に身を包んで下乗所まで入り、供侍にて定信が下城してくるのを待った。

当初、三人が随行を始めたとき、近習頭猪熊小四郎のかたわらにひっそりと従っていた。

松平家の家臣たちは三人の新入りに訝しげな視線を送った。だが、行列頭がなにも言わない以上、辰之助らを問い質すことはなかった。

そんなふうに、辰之助らは四つ上がりの行列に従うために北八丁堀の白河藩上屋敷に駆けつける毎日を繰り返していた。

一方、最上紅前田屋の留守を任されていた秋世は、ある日おこんに伴われ、背に風呂敷包みを負って吉原の大門を潜り、会所の若い衆に迎えられて四郎兵衛に面会した。

「おや、おこん様も付き添いにて見えましたか。恐縮ですな」

四郎兵衛に言われた。

「四郎兵衛様、私は奈緒様の代役にございます。亭主どのから仔細は聞きました。宜(よろ)しくお願い申します」

おこんが挨拶して、秋世が風呂敷包みを開けた。

紅猪口、紅板、紅筆など、数を数えるために風呂敷に並べると、急に座敷が華やいで見えた。

「これはこれは、紅花畑にいるような気持ちになりますな」

「四郎兵衛様、私は未だ紅花畑を見たことはございません」

「おこんさん、私もですよ。だが、想像するだに見事な景色でしょうな」

会所の若い衆が、秋世の持参した品揃えと数を認めた預かり書を造り、秋世に渡した。

「いくらかでも売れるとよいのですが」

「おこんさん、売れます。安心しておいでなされ」

四郎兵衛が請け合い、一の日と十五の日に秋世が吉原会所を訪ね、引手茶屋にて客が買った品数分の金銭を受け取り、品が足りなくなった場合は補充することが決まった。

磐音は予測したことだが、吉原の引手茶屋に預けた紅猪口などは、浅草寺門前の店よりはるかに売れた。さすがに、

「会所よりそのまま売り上げ金を受け取ってきておりますが、それで宜しいのでしょうか」

と、秋世が磐音とおこんにそのことを案じて尋ねた。

「吉原会所や引手茶屋への礼は、奈緒が関前から戻ってきた折りに当人に願おう。ただ今は黙って受け取っていなされ」

と磐音が秋世に言った。

そんなふうにして小梅村では何事もなく日々が過ぎていった。

関前藩士の重富利次郎は時に霧子を伴い、時に独りで小梅村に、

「出稽古」

と称して現れた。むろんこれは柳生五人衆が小梅村の尚武館に姿を見せた折りに自ら、

「立ち合う」

つもりでいたからだ。そして稽古が終わると、母屋で朝餉と昼餉を兼ねた食事をして、しばし磐音や輝信らと談笑していった。

この日、利次郎は霧子を伴い、尚武館で稽古を終えて母屋へと移動した。

金兵衛が睦月と小梅の相手をしながら、五本の堅木の柱の頂きを木刀で叩き回る空也を見ていた。

「おお、空也様の動きが一段と機敏に、力強くなりましたな」

利次郎が縁側の前で空也の稽古を眺めて言った。

「小田平助どのに槍折れの稽古を願うたのが、足腰を鍛えるのに役立ったようじゃ」

磐音が利次郎の言葉に応じた。

「婿どの、空也をさ、そろそろ道場に入れてやってもいいんじゃねえか。もう何年も独り稽古を続けさせているぞ」

金兵衛がいつものように文句をつけた。

「はてそれは」

「なんだい」

「空也が決めることにございます、舅どの」

「なに、親にして師匠のそなたではのうて、空也が決めるというのかね」

ないか」

この日、金兵衛は食い下がった。

「ならば今しばらく独り稽古を続けることです」

九歳の空也は、日々の精進もあって背丈は五尺三寸を超え、足腰もしっかりとして遠目には十四、五歳に見えた。だが、未だ九歳なのだ。そのことを金兵衛はつい忘れていた。

体力だけでなく判断力が備わるまで待つ、これが磐音の決意だった。

輝信たち住み込み門弟が稽古を終えて庭に姿を見せると、空也の独り稽古に黙って加わる人物があった。井上正太だ。

住み込み門弟の新入りの正太は、恒柿智之助とともに入門したとき、老けた顔をしていたが、なんと十五歳だった。だが、尚武館に入門して同輩らと交わるのがよかったか、若々しい表情や挙動を見せるようになった。さらに尚武館の住み込み門弟となって、若々しさと同時にめきめき剣術の力をつけた。

その自信が、堅木の柱を相手に走り回る動きに見られた。

「舅どの、決して空也は独りではございません」

「まあ、そうだがよ」

金兵衛が文句を収め、縁側に腰を下ろした利次郎が、

「あやつら、姿を見せませんね」

と悔いの言葉を吐いた。

霧子は台所に手伝いに行き、この場にはいなかった。

沼津の川廓町の船着場から江尻行きの船を借り受けて下田湊へと向かった柳生永為ら五人衆の行方は、その後杳として知れなかった。

「諦めたんじゃねえかね」

金兵衛が言った。

「婿どの一統に勝つ証はねえや。よしんば勝ったとしても、そやつらがこの道場を続けていく力量も人柄もないだろう」

と金兵衛が推測し、

「ところで弥助さんは、今日も木挽町の田沼家の見回りか」

とだれに言うともなく訊いた。

「さようにござる」

「磐音先生、木挽町に隠れ潜んでいるということはございませんか」

霧子がこれだけ眼を光らせている

することに叶うまい」

当代の田沼意明は祖父の意次、父の意知と違い、幕府に従順にして、大人しく一万石を守っている人物と、弥助らの探索でも報告されていた。

柳生五人衆が木挽町の田沼家に関わりを持つなど、まずないと見てよい。

「おや、珍しい御仁が見えたな」

金兵衛は、尚武館から母屋の庭に姿を見せた南町奉行所定廻(じょうまわ)り同心の木下一郎(きのしたいちろう)太(た)を目に留めて言った。

「南町は月番ではなかったか」

利次郎が言うところに、どこかのんびりとした顔付きの木下一郎太が母屋に歩み寄り、

「小梅村は長閑なり。どうやら世は事もなしですか」

と言葉をかけてきた。

だが磐音は、一郎太がただ姿を見せたのではないと察した。

「木下さん、月番のときと違い、お顔がどことなく穏やかですな」

利次郎が話しかけた。

「利次郎さん、非番月はのんびりしていると言いたいところですが、書類書き付

けの類の始末で、結構滅入るんですよ。それで小梅村まで気分を変えに来ました」

「ほうほう、ならば道場にて一汗かきますか」

「利次郎さん、ご免蒙りましょう。そなたと立ち合う余裕も力もございません。殺されかねない」

と稽古を拒んだ一郎太が、

「それより、そなたらが沼津の湊で見失った柳生新陰流裏大和派とやらの五人組ですがね、未だ江戸に現れませぬな」

と木下が念を押し、縁側に腰を下ろした。

「なんぞございましたか」

利次郎が質した。

木下一郎太には、田沼意次が放った最後の刺客のことを告げてあった。むろん、上役の年番方与力笹塚孫一に一郎太の口を通して伝わることを考えた上での磐音の判断であった。

「豆州安良里という浜に、沼津から江尻に向かう乗合船が流れ着き、その船に船骸がありました。発見されたのは、ひと月以上も前の江戸次郎左衛門様の手代から江戸へ報告が来ていたそうな。それを小耳に挟まれた笹塚様が、小梅村に知らせておけと命じられましたので、かく参上した次第です」

と木下一郎太が言った。

「なんと、われらが取り逃がしたせいで、あやつら、二人を殺めましたか」

利次郎が嘆いた。

「豆州安良里とはどの辺りですか」

磐音が一郎太に訊いた。

一郎太が懐から『豆州絵図』なる旅案内を出し、伊豆半島の絵図を広げて見せた。

「ほれ、半島の西の付け根に沼津があるでしょう。駿河の内海を回り込んで海上十三、四里ほど南に下った海岸べりの漁村です」

一郎太が、伊豆半島の中ほどにある複雑な海岸線の一角の浜を指差した。

「われらが見失ったあと、船上でなにがあったか知らぬが、船頭らを殺めたと見ゆる。どこに逃げおったか」

「利次郎さん、柳生五人衆の動きは知れぬが、本日から五日前、小田原城下の外れで、旅人が五人組に襲われて路銀を盗まれています」

「柳生五人衆が強盗にまでなり下がりましたか」

「路銀を盗まれた旅人の話では、武術家の形(なり)だったそうな。江戸に向かったというので、大目付道中方から奉行所に知らせが入った。笹塚様は、この一件も小梅村に知らせよと命じられたのです」

安良里の浜に流れ着いた船の中で船頭二人の骸が発見されたあと、小田原で五人組が強盗を働いて目撃されるまで、およそひと月余りの時の経過があった。

もし小田原城下外れの五人組が柳生新陰流裏大和派の五人衆とするならば、磐音らを油断させ、自らは伊豆の山で最後の剣術修行をなしていたことが考えられた。

「膳の仕度ができました」

と霧子が皆を呼びに来た。

「あら、木下様」

と一郎太に気付いた霧子に利次郎が、

「霧子、あやつら、殺生(せっしょう)をなしたぞ」

[illegible]聞かせた。

「五日前、旅人の路銀を狙うた五人組が柳生五人衆ならば、もう江戸に入ってい
てもおかしくない」

その話を聞いた霧子が、

「私、これから木挽町を見てきます」

と許しを乞うように磐音の顔を見た。

「いや、あちらには弥助どのがおられる。帰りを待とう」

と言い、

「木下どの、われらと一緒に食していかれませぬか」

と朝餉と昼餉を兼ねた賄いに誘った。


木下一郎太が小梅村の尚武館を去ったあと、磐音は老中松平定信の近習頭猪熊小四郎に宛てて書状を認めた。

松平定信の暗殺を企てる柳生五人衆が、数日前に江戸に戻ってきた可能性が高いゆえ、登城下城にはこれまで以上の警戒を怠らぬようにとの忠告の書状だった。

この書状を利次郎と霧子に託して、北八丁堀の白河藩松平家に届けさせること

にした。

磐音は昼下がり、堅木の柱のある野天の空也道場で、空也の稽古相手になった。

攻めかかる空也の力は無尽蔵で、磐音に反撃の機会を与えまいと走り回り、動き回り、飛び回った。

その攻めがいつまで続くか、空也の力を最後まで絞り出させようとした。

四半刻、半刻と動きを止めることがなかった空也から、がくん、と力が抜けた。

「空也、それが限界か」

「いえ、父上、まだまだ攻められます、動けます」

と必死で言葉を吐き出したが、足が動かなかった。

「では、父が攻めるぞ」

「はっ、はい」

空也には磐音が攻めてくるという考えはなかったようで、必死で残った力を振り絞り、正眼に構えた。

「参る」

[illegible]は、磐音の攻めを弾き、外そうとした。だが、合わせた

[illegible]　空也はその場に押しつぶされるように倒れ込んだ。

「それだけか」

「いえ、父上、未だです」

空也がよろめきつつ立ち上がった。

そこへ磬音が胴打ちを放ち、空也は木刀で合わせたが、さほど力を入れているとも思えない磬音の木刀に圧されて、横手へと吹っ飛んだ。

「あっ、また倒れたぞ。おこん、おめえの亭主は乱暴じゃないか。未だ九歳の子供だぞ。手加減というものを知らねえんじゃねえのかい」

母屋の縁側で住み込み門弟の稽古着の繕い（つくろい）をするおこんに、金兵衛が訴えた。

「なんですか、お父っつぁん」

「なんですかじゃねえや。ああ、見ていられねえや。おこん、止めてきな」

「お父っつぁん、最前、道場での空也の稽古をしつこく求めたのはどこのどなたです」

「えっ、それとこれとは違うだろ」

「いえ、違いません」

「どこがだ。ああ、また倒れた。こんどはびくとも動かないぞ。気を失ったぞ」

「道場では甘えは許されません。わが亭主どのは、空也の気持ちと体が成長するのを待っておられるのです。私たちは黙って見ているしかないのです」

「おめえは、なんて冷てえんだ。おりゃ、深川六間堀に帰るぞ」

「どうぞ」

と言われた金兵衛が深い溜息をついた。

三

木下一郎太が小梅村に姿を見せてから日にちが過ぎ、南町奉行所は月番に戻った。

この日、朝稽古が終わり、通いの門弟衆がばらばらと帰っていった。最後に出たのは本所松倉町の御家人の嫡男逸見源造と、遠江国横須賀藩西尾家の抱え屋敷の小姓羽田六平太の二人だ。どちらも住まいは本所や小梅村にあった。

稽古着姿の空也が、隅田川と並行して流れる分流に沿った河岸道まで見送りに[illegible]、[illegible]りで帰るのではなく、何人かで組になって帰路につくこ

田沼意次の最後の刺客が尚武館の門弟を襲うことも考えられた。そこで小田平助が田沼の名を出すことなく、

「刺客これあり」

と注意を促したのだ。無用な騒ぎを避けるためだ。

そのとき、白山と小梅を連れた睦月が、逸見と羽田が帰るのを見送る兄のもとへ現れた。

住み込み門弟衆は、道場の掃除をしたり、武具の手入れをしたりしていた。

磐音は空也と睦月が門外にいることに気付かず、利次郎とともに母屋への楓林と竹林の間を抜ける道に足を踏み入れたところだった。

ああーっ！

という悲鳴が門の外で起こった。

「で、出た！」

羽田六平太の叫び声が聞こえた。

道場から田丸輝信ら住み込み門弟衆が、そして、長屋に戻ったばかりの小田平助が飛び出して、叫び声のほうへと走った。

利次郎も巨軀を翻して今来た道を走り戻った。

磐音が尚武館道場の玄関口に戻ったとき、門前から白山と小梅の激しい吠え声がした。だが、門弟衆の背中で、

「なにが起こったのか」

見えなかった。それでも磐音には、緊迫した気配から柳生永為ら五人衆が現れたことが分かった。

門弟衆が後ろ下がりに無言で尚武館の敷地に入ってきて、左右に分かれた。

輝信らの手には木刀があった。

旅仕度の武芸者五人のうちの一人が空也の手首を後ろ手に摑み、抜いた脇差の切っ先を首筋に突き付けていた。そして、もう一人が睦月を横抱きにしていた。

柳生ら四人の得物は腰の大小だった。だが、猿賀兵九郎一人が、諸刃の剣に長さ五尺五寸ほどの柄をつけた鉾を携えていた。

危険を感じ取った白山と小梅が五人に向かって吠えていた。

だが、空也も睦月も無言だった。空也の顔には油断したという悔いがあるのを磐音は見ていた。

[illegible]、磐音の去った刹那を柳生五人衆に狙われた。

（しまった）

と内心思ったが、そのことを顔に出すこともなく、

「柳生永為どのじゃな」

と平静に声をかけた。

「いかにも柳生永為じゃ」

総髪で顔が真っ黒に日焼けした壮年の武芸者が答えた。

このとき、柳生は四十七歳、武芸者として心身ともに充実していた。それが顎の張った四角の顔から感じ取られた。

「待っておったぞ」

低い笑い声が洩れた。

「武芸者同士の尋常の勝負なれば、尚武館坂崎磐音、この場で受けて立ち申す。子を人質に取るような真似をすることもあるまい」

「はてのう。坂崎磐音が生き残った陰には、あれこれ姑息な手を使うてきたと考えられる」

「たとえばどのような」

「われらの周辺に監視の者を送り込んだ」

「敵を知ることは武芸者の常道にござる。もはやそなたらは尚武館の地にあり、子を捕まえておく謂(いわ)れがあろうか」

「田沼意次様は嫡子意知様を殿中で襲われた。子を失(な)くした父親の哀しみはわれらがよう承知しておる」

柳生永為の顔には、佐野善左衛門の行動の背後に松平定信ありと確信している表情が浮かんでいた。

「頑是(がんぜ)ない子らを殺めると申されるか」

「それも面白い」

と柳生永為が明言した。

小田平助は、

(なにかできぬやろか)

と考えていた。だが、空也と睦月を人質に取られ、素手ではなんともしようがなかった。

「柳生新陰流裏大和派なる武芸は、罪なき子を殺める程度のことしかできぬのか。

[illegible]流、寸又峡にて尚武館を倒すために修行してき

[illegible]いえなかったのか」

利次郎が大声を発して詰(なじ)った。

「そのほうか、寸又峡でわれらの周りを嗅(か)ぎ回ったのは」

「いかにも、重富利次郎だ」

「さあて、どうしたものか」

柳生永為が、空也の手首を掴み脇差の切っ先を首筋に当てた氏家直人を見た。

そのとき、空也が言葉を発した。

「父上、この卑怯者(ひきょうもの)と勝負がしとうございます」

「空也、見事その者を倒せるか」

「はい」

迷いなく空也が返事をした。

「柳生どの、九歳の倅がそなたの配下の者と勝負がしたいと言うておる。どうなさるな。子供相手の戦いも拒まれるか」

柳生がしばし躊躇(ためら)い、命じた。

「氏家、坂崎磐音の子を見事斬り伏せ、先陣を務めよ」

氏家直人が空也を見て、

「そのほう、この氏家直人を倒す自信があるのか」

と問うのへ、

「卑怯未練な人間が武芸者のはずがございません。そのような者に、坂崎磐音の子の空也が後れをとるはずはない」

と空也がはっきりとした声音で応えた。

よし、と叫んだ氏家が空也の手首を離し、切っ先を遠のけた。

その瞬間、空也が叫んだ。

「白山、行け！」

空也の命に老犬が必死の力を振り絞って、睦月を横抱きにした門橋一蔵の足に嚙みついた。さらに四肢を踏ん張り、首を左右に激しく振った。門橋が悲鳴を上げ、体勢が崩れたところを、田丸輝信らが門橋の腕から睦月を奪い返した。

「よし、これで五分と五分じゃぞ。空也様、あとはわれらに任されよ」

利次郎が空也に告げた。

「利次郎さん、どのような場合であれ、武士の約定は守らねばなりません」

と言い切った空也が、道場の縁側に置かれてあった木刀を摑んで、氏家の前に

坂崎磐音の子を殺せ、田沼意次様の哀しみを思い知らせよ」

柳生が非情な命を授けた。

「はっ、はい」

無言の儘に空也の行動を見詰めていた磐音を、空也が一瞬見た。

磐音はただ頷いた。

頷き返した空也が氏家に視線を戻した。

氏家が脇差を鞘に戻し、大刀を改めて抜いた。

両者は三間の間合いで睨み合ったが、空也がさらに三、四間後退した。

「臆したか、小僧」

氏家が吐き捨てた。

空也は正眼に木刀を構えた。

氏家は上段に剣を振り上げた。

九歳の子と二十九歳の武芸者の勝負が始まった。

「柳生永為、とくと聞け」

利次郎が大声を発し、

「島田宿で飲み逃げをして飯屋の女衆を殺めた近藤丈八を始末したは、わが女房の霧子であった。そして、由比の豊積神社で出淵欽兵衛の髷を落として懲らしめ、そなたらのもとから去らせたのはこの重富利次郎である」

と続けた。

「なんと」

柳生が驚きの声を洩らした。

「どなた様かの妄執、最後の刺客というても、精々その程度の力ですぞ、空也様」

利次郎は空也に向けて鼓舞した。

「おうっ！」

と応じた空也が一気に踏み込んだ。先手を取られた氏家も、遅ればせながら一、二歩勝負の場に入り込んだ。

その瞬間、空也の肚の底から絞り出されるような、

「きええっ！」

という甲高い気合いが尚武館に響き渡った。

「なにするものぞ」

氏家[illegible]空也に向かって上段の剣を振り下ろした。

氏家の視界から空也の姿が消えていた。

軽々と空高くに飛び上がり、正眼の構えの木刀を背に打ち付けるほど反動をつけると、下降とともに一気に振り下ろした。

「あああーっ」

と言いながら氏家が、空を裂いて振り下ろした剣を迎撃の構えに引き戻そうとした。

その直後、氏家の肩口に、空也の体重を乗せた木刀が強打された。

がつん

と鈍い音が響いて、氏家の体が地面に押し潰されるように倒れ込み、そのかたわらに空也が軽やかに飛び下りた。

「空也さん、見事な初陣ばい！」

小田平助が空也の機先（きせん）を制した勝負度胸を褒めた。

「小田先生の教えをくさ、守っただけばい」

空也が平助の西国訛（なま）りで返事をしたため、

「ふっふっふ」

と平助が満足げに笑った。

柳生永為の顔に憤怒の情が走り、罵り声を洩らした。

「氏家と犬に嚙まれた門橋は、もはや戦えまい。残るは鍋常参右衛門と猿賀兵九郎、頭分の柳生永為か」

利次郎が言った。

「さあて、柳生永為どの。田沼意次様の言い遺された命を、そなた自身が実行なさる刻でござる。勝負はいかになされるか」

磐音の言葉に、鍋常参右衛門が予(かね)てから用意していた白鉢巻を懐から取り出し、額に締めた。

「先生、それがしに」

と田丸輝信が願った。

磐音が頷いた。

「鍋常参右衛門は左利きという弥助様の忠言を忘れるな。下段から巻き込むように襲いくる隠し技の持ち主よ」

利次郎が弥助の言葉を思い出させた。

「利次郎、余計な節介じゃ」

[illegible]、鍔(つば)付きの赤樫(あかがし)の木刀を手にした。

三尺七寸余の大刀を抜いて下段に構えた。

早苗は、朝稽古が終わったにも拘らずだれ一人として母屋に姿を見せぬことを訝り、尚武館を覗きに来た。そして、田丸輝信と鍋常参右衛門の対決に遭遇した。

相手は輝信より四、五歳上か。

早苗は、両眼を見開いて対決を見ると決意した。

正眼の輝信、下段の鍋常。

間合い一間で長い対峙になった。

緊張を孕んだ刻が流れていく。

四半刻も過ぎたか、鍋常が下段の切っ先をちょんちょんと、相手の動きを誘うように揺らした。

誘われるように輝信が半歩詰めた。さらに鍋常の誘いがきた。

輝信は、

すいっ

と後ろに下がり、間合いを取った。

時が流れ、再び鍋常が下段の剣の切っ先で輝信を誘った。再び輝信が誘いに乗り、一歩ほど詰めた。

鍋常が誘いの動きを止めた。

その直後、田丸輝信が大胆に飛び込み、下段から擦り上げる刃に構わず、正眼の木刀の切っ先を喉元に伸ばした。

電撃の突きが決まった。

鍋常参右衛門の体が三間ほど後ろに飛んで悶絶した。気を失って身動ぎもしない。

胸の前で両手を組んでいた早苗が、ほっと安堵の吐息を洩らした。

猿賀兵九郎が黙したまま戦いの場に歩を進めた。

利次郎が磐音を見た。

磐音が頷いた。

柳生七人衆の刺客の中で一番得体が知れず、年齢も不詳なら仲間とすら口を利くことがないのがこの猿賀兵九郎だという。痩身の体をいつもくの字に曲げていた。

「猿賀兵九郎、そなたの相手はこの重富利次郎じゃ」

利次郎が言った。

[illegible]には弧状の枝刃があった。引き斬るた

利次郎は、羽織を脱ぐと大小を外して道場の縁側に置き、愛用の槍折れを取ってきた。

「小田平助先生直伝の槍折れにて勝負いたす」

利次郎が平助に断り、

「弘法筆を選ばず、と世間で言いなさろうが。利次郎さんならなんでんよかよか」

と勝負の場に送り出した。

利次郎は、猿賀がすでに構えた鉾(ほこ)の前で草履(ぞうり)を脱ぎ捨てた。利次郎にとって馴染みの稽古場だった。ならばと、裸足になったのだ。

鉾と槍折れの対決は、猿賀が鉾を軽く体の前へと突き出し、利次郎が槍折れを両手にもって頭上に捧げ上げる構えで始まった。

前傾の姿勢で猿賀兵九郎がゆっくりと利次郎の周りを回り始めた。左廻りの動きに合わせ、鉾を繰り出した。

利次郎は頭上に捧げた槍折れを保持したまま、猿賀の左廻りに合わせて体の向きを変えていった。

二回りが三回り目に入ろうとしたとき、くの字の猿賀が、

ひょい

とその場で飛ぶと、一回転しながら鉾を突き出した。

回転する体勢から突き出された鉾の動きを目に留めるのは至難の技だった。だが利次郎は、頭上に保持していた槍折れの右手を離し、左手一本に持った槍折れをびゅんと回すと、突き出された鉾を弾いた。

その動きをきっかけに、目まぐるしいほどの駆け引きが繰り返された。

猿賀は、一瞬も止めることなくあらゆる体勢から鉾を突き出し、払い、回転させた鉾の枝刃で利次郎の顔を薙ぎ、時には足蹴りまで出してみせた。その間も体が回転し、どの体勢からでも攻めが繰り出されてきた。

利次郎は慌てなかった。

相手が攻め疲れるのを気長に待っていた。

だが、猿賀兵九郎は無尽蔵とも思える体力に任せ、両手両足と鉾を使い、変幻自在の攻めを続けた。

利次郎とて体力では負けていなかった。それに動いているのは猿賀だった。む
[illegible]、猿賀の鉾に利次郎は必殺の打撃を受ける。ゆえに一瞬

攻めの合間に猿賀は、
はあはあっ
という声を洩らした。

いつまで戦いは続くのか、と思われたとき、戦いの場に武左衛門と金兵衛が姿を見せて、

「な、なんだ、これは」

「ぶ、武左衛門さんよ、柳生なんとかという無頼者だぞ」

「おお、そうか。利次郎が手を焼いておるな」

と見た武左衛門が、

「おい、でぶ軍鶏、ちまちまとした動きはおぬしの得意技であろうが。いつまで手を拱(こまね)いて様子を窺うておるのだ!」

と破(わ)れ鐘のような大声を発した。

本人は利次郎を鼓舞したつもりだ。

利次郎には慣れた声だ。なんとも感じない。

だが、猿賀兵九郎の動きに狂いが生じた。

滑らかで迅速な動きに緩みが生じた。

その動きを利次郎は見逃さなかった。

右手一本に持ち替えた槍折れをぐるぐると回転させながら、猿賀に近づいていった。

猿賀も再び動きを速めた。

槍折れと鉾の回転が虚空の一角でぶつかり合い、鉾先が壊れ飛んだ。

次の瞬間、利次郎の槍折れが猿賀の首筋を強打して、文字通り尚武館の庭に押し潰した。

三番手との勝負が決した。

重い沈黙が戦いの場を覆った。

四

「残ったのは柳生永為どの一人」

磐音が呟くように柳生に話しかけた。さすがに柳生は平静の表情を保ったまま

「生死を共にしてきた仲間を蔑(さげす)まれるや」

「武芸者は所詮独りで生き、独りで死ぬ」

「いかにもさよう。ゆえに仲間との信頼が、絆が大事にござろう」

「さかしらな考えよ」

と吐き捨てた柳生は、利次郎に倒された猿賀兵九郎が尚武館の門弟衆の手で庭の隅へと運ばれていくのを見た。そして、戦いの場に出た。

「父上」

空也が母屋から持参した大小を差し出した。

「うむ」

と会釈して受け取った磬音が、備前包平(かねひら)と脇差を腰へと差した。

「柳生どの、尋ねたき儀がある」

磬音の問いに視線を向けた柳生は、口を閉ざしたままだった。

「そなた、土子順桂吉成どのを承知か」

「あの臆病者か」

「なぜ臆病者と評されるな」

「田沼意次様の命を幾たびも無視し、そのほうとの戦いを避けた。ゆえに腰抜け武芸者、臆病者と言うた」

「そなた、真の士子どのを知らぬようじゃ」

微笑みの顔で発した磐音の言葉には、安堵の感情が漂っていた。それを見た柳生永為が苛立った。

「柳生新陰流裏大和派とは、柳生新陰流と関わりがある流儀か」

「柳生新陰流も形ばかりの剣法になった。ゆえに戦国時代の過激にして実戦剣法にわしが戻した。関わりがあって関わりなし」

柳生が言い切った。

「沼津川廓町の船着場から下田湊まで船を雇い、その途次、なにがあったか知らぬが、船頭二人を殺めたな。撲殺された二つの骸を乗せた船が、安良里湊に流れ着いた」

「石廊崎を回るのを拒んだでな」

「殺人剣にござるな」

「なんとでも呼べ」

…武芸者五人組に金銭を強奪された」

「路銀に窮したで借り受けた」

「柳生永為、そなた、武芸者を自任しておるようじゃが剣者ではない。夜盗、殺人鬼の類にすぎぬ。坂崎磐音が成敗してくれん」

磐音も包平の鯉口を切った。

両者は一間半の間合いで互いの眼を見合った。

だが、その眼差しは対照的で、柳生のそれは敵意と憎悪に満ちた殺人者のそれであり、磐音の眼は、奥深い山にひっそりとある湖面の静けさを湛(たた)えていた。

柳生が剣を抜くと、右足を前に出して左の脇構えに付け、腰を沈めた。

背丈は五尺八寸余か、鍛え上げられた体付きをしていた。

磐音が掌に馴染んだ包平を静かに抜き、正眼の構えに置いた。

尚武館の庭には、二人の戦いを見守る小田平助や田丸輝信ら住み込み門弟衆、空也、早苗、武左衛門、金兵衛らがいた。

地の利も心の余裕も磐音にあった。

だが、柳生永為はそのことも、また配下の者を失った事実も気にしたふうはない。所詮武芸者の勝負は一対一と達観しているからであろう。

柳生が予期せぬ行動に出た。

まず間合いを半間まで詰めた。

あと一歩踏み込めば死地に入る。そこで動きを止めた。

二尺四寸六分余の同田貫上野介を脇構えにしたまま、磐音に誘いをかけるように横走りに庭をゆっくりと移動し始めた。

磐音も柳生に合わせ、足を動かした。

道場の端には楓林と竹林の間を抜ける道があった。

その前で動きを止めた柳生が、こんどはただ今来た道へと足を速めて戻り始めた。

磐音の気持ちを揺さぶっていた。

だが、磐音は動じることなく相手の動きに合わせた。

再び両者が元の位置に戻った。

柳生の沈んだ腰が上がった。

こんどは最前よりさらに緩やかな動きで横へと磐音を誘った。

磐音は間合いを保って従った。

ぴたり

と付けられて微動だにしない。

戦いの濃密な刻が静かに流れていく。

晩秋の陽射しが雲間に隠れたか、影が伸びて二人を包んだ。

その瞬間、横移動の柳生がなんの気配も見せることなく磐音へと踏み込み、左脇構えを迅速に腰へと伸ばした。

伸びやかにして豪胆な攻めだった。

その同田貫上野介を磐音の包平が、

ふわり

と押さえた。

真綿で包み込むように柔らかな動きであったが、柳生の動きは、

ぴたり

と封じられた。

柳生は絡み合った刃を弾こうとした。だが、磐音の包平は、同田貫を押さえ込んだままだ。

見ている者からすると、磬音が力を入れているようには思えなかった。だが、柳生永為の同田貫は、動きを失っていた。

同時に、同田貫を押さえ込んだ包平も、攻撃するためには離れなければならなかった。

攻めるためには、両者ともに刃を離す要があった。

その瞬間こそ生と死を分かつ時と両者は知っていた。

柳生永為は真綿で包まれるような感覚を初めて経験していた。だが、慌て騒ぐこともなく、ぐいぐいと押し込んでいった。

磬音は下がった。

柳生は押し込みつつ、同田貫上野介が、「動き」を取り戻す瞬間を見逃すまいとした。

柳生に押し込まれるように見えた磬音だが、「押せば引け、引けば押せ」と相手の力に従っているだけだった。

[illegible]、気力と体力を消耗しているのは、

そのことに不意に柳生は気付かされた。

最後の力を振り絞って押し込んだ。そして、次の瞬間、動きを止めた。ために同田貫と包平の絡み合った刃がわずかに離れた。

柳生の同田貫が俊敏にも左へと流れ、直後に磐音の胴へと伸びていった。

そのとき磐音は、押さえ込んでいた相手の刃の動きに惑わされることなく、正眼の包平の大帽子を柳生永為の喉元へと伸ばし、岩場を遡上する岩魚が身をひるがえすように刃を振るった。

ぱあっ
と大帽子が柳生の喉元を斬り裂き、相手の動きが瞬時に止まり、身を竦めさせた。そして、磐音の胴へと伸ばした同田貫は力を失い、のけ反るようにして崩れ落ちていった。

勝負は寸毫の差で決着した。

尚武館は沈黙が支配したままだ。

秋の陽射しが戻ってきて柳生永為の体を照らしつけた。

「磐音先生」

尚武館の門から速水右近の声がした。

いつしか時が流れ、松平定信の行列に従っていた神原辰之助、恒柿智之助、そして右近が尚武館に戻り、磐音と柳生永為の戦いを見ていた。

「ご苦労でした」

三人を労う磐音の声音はいつもどおりだった。

「この始末、どげんしたもんやろか」

小田平助が磐音に問うた。

「だれか、南町奉行所の笹塚孫一様か木下一郎太どのに知らせてもらえぬか」

磐音の言葉に田丸輝信が、

「それがしが参ります」

と言い、

「父上、私も輝信さんに従います」

と空也が言った。

「願おう」

二人は船着場に走り、辰之助らが乗ってきた猪牙舟で出ていった。

[illegible]れた包平を懐紙で拭うと鞘に納めた。そして、早苗から睦月の手をとり、母屋へと向かった。

主のいなくなった尚武館の庭に期せずして吐息が重なった。

「な、なにがあった」

恒柿智之助が井上正太に訊いた。

「見てのとおりだ」

「われら、先生と柳生某と思える者が横走りしていくところからしか見ておらぬ。先生が独りで相手されたのか」

「違うな」

神原辰之助が、白山に噛まれて戦線を離脱させられた門橋一蔵が怪我の治療を受ける様子に目をやって言った。

「あやつは白山に噛まれたのだ」

井上が戦いの様子を手短に三人に話した。

「なんと、空也様が相手のひとりと戦ったのか」

「見事な初陣であったぞ」

辰之助が利次郎に槍折れで強打された猿賀と、磐音に斃された柳生の骸を見な

がら、

「われら、松平定信様の行列に加わる毎日であった。なんぞの役に立ったのか」

と自らに問うように呟いた。

「辰之助さん、そなたが老中松平定信様のお命を守ったのはたしかなことだ」

いつの間に戻っていたのか、弥助が言った。そのかたわらには霧子もいて大きく頷いた。

「ああ、弥助さんの言葉どおりたい。尚武館のわしらにはそれぞれ分があるたい。大将の命に従い、生きていくだけたい」

と小田平助も口を揃えた。

「利次郎様、お怪我は」

と霧子が訊いた。その言葉はいつもの霧子ではなく優しく響いた。

「見てのとおりじゃ。弥助様からの助言がなければ、われら、かような勝ちを収めることができなかった。殊勲の第一は弥助様やもしれぬな」

利次郎の言葉に一同が大きく頷き、辰之助は、

「田沼意次様の刺客はこれで最後であろうか」

間違いなくこれが最後ですよ」

と弥助が請け合いながらも、

（先生にはもう一人強敵が残っている）

と胸の中で思った。すると小田平助が黙したまま頷いた。

土子順桂吉成。

だが、土子が磬音と立ち合うときは、田沼意次の刺客としてではなく、武芸者同士の尋常な立ち合いになるとだれもが分かっていた。

おこんは、尚武館道場の辺りに殺気が漲（みなぎ）っていることに、だいぶ前から気付いていた。

だが、母屋の縁側で繕いものを続けた。

じりじりとした時が過ぎていったが、だれも母屋に姿を見せなかった。

不意に上気した顔の空也が母屋に姿を見せて、

「母上、包平を父上に持参します」

と言うと刀架から大小を持って、また道場に戻っていこうとした。

母は子になにも聞かなかった。子も説明をしなかった。

だが、歩き出した空也が、くるりと母を振り返り、

「睦月は早苗さんと一緒にいます。ご安心ください」

と言い残すと尚武館へ走り戻った。

おこんは、なにが起こっているか想像できた。

明和九年に磐音と出会って以来、十六年の歳月の間に、そのかたわらでどれほどの数の戦いを見てきたか。瀕死の傷を負ったこともあったが、磐音は生き残ってきた。

(こたびもまた)

とおこんは信じていた。

長い刻が過ぎた。

不意に磐音が睦月の手を引いて庭に現れた。

(終わった)

と思ったとき、おこんの瞼が潤んだ。

幼い睦月が父の戦いを見たであろうことは、その表情から想像がついた。

「母上の腕に抱かれてこよ」

[illegible]って母の腕の中に飛び込んで

磐音は仏間に入ると長いこと合掌し、低声で読経し始めた。

笹塚孫一が坂崎家の母屋に姿を見せたとき、最前までおこんが繕いものをしていた縁側で、磐音は包平の手入れをしていた。

「造作をかけました」

「あやつらは、沼津の船頭二人を殺め、小田原で旅人から路銀を強奪したお尋ね者じゃ。お白洲に出したところで獄門は決まっておった。それを尚武館の先生が始末してくれた。後始末くらいせぬと、罰があたるわ」

と言いながら縁側に、
どたり
と音を立てて座った。

磐音は包平を鞘に納めた。

「一郎太から聞いた。あやつら、先の老中田沼意次様がこの世に残した最後の刺客であったそうな」

「はい」

笹塚孫一がしげしげと磐音を見た。

「なんでございますか」

「生きるか死ぬかの戦いを繰り返してきたおぬしの顔が、清々しくも静謐に感じられるのはどういうことか」

「はて、どうしてでございましょう」

と磐音が答え、笹塚はしばらく黙していたが、

「九歳にして修羅場を潜ったとは、そなたの倅の行く末が見えるようじゃ」

と話柄を空也に転じた。

「養父にして師匠の佐々木玲圓に会うたときからの宿命にございましょうか。空也には、それがしの道を歩けと未だ望んだことはありません」

「だが、すでに歩き出しておる」

「でしょうか」

「門弟衆に話を聞いた。未だ倅を道場に入れぬそうじゃな」

「道場は子の遊び場ではございません」

「あの歳にして、一廉の武芸者との真剣勝負で勝ちを得たのじゃぞ」

[illegible]ございません。しばらくは庭での稽古が続きましょう」

「武芸者は一つの過ちが命取りになります」

磐音の言葉に頷いた笹塚孫一が、

「奢侈禁止の触れはだんだんと厳しくなる。剣術の道場に触れることはないが、川向こうの最上紅前田屋には差し障り（さわ）が出よう」

とさらに話題を転じた。

「ご存じのように、奈緒一家は関前に墓参りに戻っております。先日そのことを書状に認めて送りました。なんらかの返事がございましょう」

「これまで何度か奢侈禁止令は出されて、そのままになっておる。ということは、贅沢品というて売り買いを禁じても、財政改革になんの効果も出ぬということじゃや」

南町奉行所の与力同心の実務的な頂点に立つ年番方与力が言い切った。

「こたびの改革が成るか成らぬか、松平定信様の知恵次第じゃがな」

と笹塚が小首を傾げたとき、尚武館道場からぞろぞろと門弟衆や小田平助、弥助、霧子らが姿を見せた。

「坂崎磐音、世間がよくなる知恵はないか」

と縁側から立ち上がった笹塚が言い、

「生き残った四人を調べあげる。どうせ田沼意次様との関わりが出てくることなどあるまい。出てきたところで当人がこの世の人ではないわ」

と諦め顔で磐音に言った。

あとがき

新緑の候、毎年人間ドックに一泊二日で入る。今年も終わった。

緊急の病態は見つからなかったが、毎年のデータを見比べると、明らかに体力気力が落ちていることが分かる。

私の場合、小説は体調で書く、と言い切っていい。そのために世間との付き合いも公私にわたって不義理を重ねてきた。他人と交わるのは楽しい。だが、気疲れもする。二、三日、調子が、リズムが戻らない。小説家の要件は「孤独に耐えること」と考えている。物語と向き合うためにその他のことは除外する。一方で、体にいいと思えば生薬の漢方を飲み、鍼灸治療を受け、一日一万歩早歩きをし、早寝早起きで一年を過ごす。

だが、どう抗っても「老い」との勝負に敵う手立てはない。詰まるところだれもが「死」を迎える。そのことは怖くはない。だが、死の時まで自分の足で歩き、己の身の始末くらいつけたい。そして出来ることならば、仕事を「その日」まで続けたい。

そのために為すべきことはなんでもやりたい。ただ今続行中のシリーズを、出来ることならば完結させたいからだ。

直面する課題は、最大巻数の『居眠り磐音 江戸双紙』だ。

将棋なら、

「王手」

チェスならば差し詰め、

「チェックメイト」

と声高に宣言したいところだ。だが計算違いに気付き、冷汗を掻いている。

普段から計画あるいは構成を立てて小説を書いたことはない。パソコンの前に座ってキーボードに最初の指が触れたときから、思い付きの「仕事」が始まる。四十九巻、そんな風にして書いてきた。で、こんどの一件、いよいよ相手を追い込んでおきながら、五十巻完結を何度も宣言しておきながら恥ずかしさの極みだ。

第四十九巻『意次ノ妄』を脱稿し、初校に手を入れながらそのことに気付かされた。どうみても「王手」には、一手早かった。

皆々様、私が口にした王手の言葉を忘れてください、もう一度仕切り直しをさせてください。来春正月に、「王手」となる居眠り五十巻と「完結」となる居眠り五十一巻を二冊同時に出して、長らくご愛読頂きました『居眠り磐音 江戸双紙』は完結といたします。

平成二十七年五月十三日 台風一過の熱海にて

佐伯泰英

決定版あとがき　老いがもたらした珍事

昨年の十一月にふらりと京都に行き、伏見稲荷大社を訪ねた。仕事がらみゆえ私も娘も実にカジュアルな服装であった。

伏見稲荷大社には旧知の正禰宜の黒田長宏氏がおられる。ゆえに挨拶に立ち寄ったのだが、今上天皇の即位を祝う大嘗祭の祭礼の日とか、本殿ではその仕度に大わらわであった。こんな格別な神事の日だとは考えもしなかった。

（こりゃ、大変なときに訪れた）

と挨拶だけで帰ろうと思ったら、黒田氏が私ら親子の姿を見つけて「本殿へご案内して」と若い神官にいきなり命じられた。

参列者正装のなかになんとも親子だけが浮き上がっていた。

[illegible]しようと、きちんとした衣装で詣でることにし、娘が何日も前から仕度を整えていた。

当日、車で親子して京に向かった。

桑名辺りにきたとき、ふと嫌な予感を感じてトランク・ルームを見廻し、積み忘れているものがあることに気付いた。最近物忘れがとみに多い。間違いなく老いがもたらす行為だとは分かる。もはや取りに戻ることなどできない。

「ううーむ」

どうしよう、と思わずうなった。

「どうしたの」

とハンドルを握る娘が聞き、後部席に寝ていたみかんまで顔を上げて、なにが起こったという表情を見せた。

「忘れた」

「なにを」

「衣装を」

娘は呆れたともなんとも言わなかった、ただ無言で車を走らせていた。

その結果、どうなったか。はい、これ以上の正装はあろうかという紋付羽織袴姿で伏見稲荷大社講務本庁を訪ねたのです。黒田氏が、

「今年はえらい正装ですな」

「はあ、これには曰くがありまして」

と経緯を告げ、

「前日に羽織袴など用意できません、無理です」

というホテルの貸衣装部と美容室に強引に頼み込んで借りた衣装ということを説明した。

ついでに言い添えればこの歳まで紋付羽織袴など着たことはない。八十歳をまえに初体験、珍事です。

「ふーむ、去年はジーンズ、今年は貸衣装の羽織袴ですか」

「娘は、『その筋の方のようだ』というております」

「その筋ね」

黒田正禰宜が私の姿を改めて見て、破顔した。

ともあれ前年のお詫びを兼ねてコロナ・ウィルス退散の意味合いも加え、お神

決定版「居眠り磐音」五十一巻もついに目処が見えた。足かけ三年、新作を執筆しながら毎月二冊の決定版刊行だ。

なんとも無謀なプロジェクトだったが、文春文庫部の編集スタッフのお力添え、さらには校閲の方々の努力、そして横田美砂緒さんの表紙の絵に励まされての歳月でした。

最後に決定版を支えて下された読者諸氏に深く感謝を申し上げて、あとがきとします。

令和二年師走

熱海にて　　　　佐伯泰英

本書は『居眠り磐音　江戸双紙　意次ノ妄』（二〇一五年七月　双葉文庫刊）に
著者が加筆修正した「決定版」です。

編集協力　澤島優子
地図制作　木村弥世

文春文庫

意次ノ妄（おきつぐのもう）

居眠り磐音（いねむりいわね）（四十九）決定版（けっていばん）

定価はカバーに
表示してあります

2021年3月10日　第1刷

著　者　佐伯泰英（さえきやすひで）

発行者　花田朋子

発行所　株式会社　文藝春秋

東京都千代田区紀尾井町3-23　〒102-8008
TEL　03・3265・1211㈹
文藝春秋ホームページ　http://www.bunshun.co.jp

落丁、乱丁本は、お手数ですが小社製作部宛お送り下さい。送料小社負担でお取替致します。

印刷製本・凸版印刷

Printed in Japan
ISBN978-4-16-791662-6